aile d'ange

Photographie de couverture : © **Susanne Walstrom/Johnér Images/Corbis**

Titre original : *Englefjes*


Cette traduction a été publiée avec le soutien financier de NORLA.


www.lerouergue.com

doado noir

Ingelin Røssland

# aile d'ange

traduit du néo-norvégien
par Jean-Baptiste Coursaud

rouergue

# Préface

Tysnes est sans nul doute une île superbe – mais surtout un patelin à bâiller d'ennui, situé dans la Norvège de l'Ouest, à deux heures de route au sud de Bergen. C'est là que j'ai grandi.

Après le lycée, j'ai fait un stage pendant les grandes vacances au journal *Tysnes*, le même que celui où travaille Engel, suivi d'un remplacement qui a duré un trimestre. Pendant cette période où, grosso modo, je noircissais la rubrique des chiens écrasés, il ne se produisait pas autant de drames ou de rebondissements que dans ce roman. Pourtant, c'est à cette époque qu'a germé dans ma tête l'idée de livres sur Engel. Mon désir était de raconter des histoires aussi inquiétantes que captivantes sur cet endroit que j'ai connu et tant aimé. Ceci n'empêche pas cela : la trilogie consacrée au personnage d'Engel Winge relève de la pure fiction et pourrait tout aussi bien se dérouler dans n'importe quel milieu rural, en Norvège ou dans le reste du monde. Je souhaite également ajouter que je me suis, d'ailleurs, autorisé de grandes libertés avec la géographie réelle de Tysnes.

Depuis la publication en Norvège d'*Aile d'ange*, puis des deux opus suivants, on m'a posé de nombreuses questions à propos du nom pour le moins inhabituel de mon héroïne, même dans ma langue maternelle. Le prénom d'abord. Engel peut être employé tant pour les garçons que pour les filles. Il vient peut-être du grec *ángelos*, qui signifie *le lumineux*, mais peut très bien dériver du scandinave ancien à travers le mot *ongel*, *hameçon* en français. Un prénom ambigu, tout à fait à l'image d'Engel. En tant que substantif, il signifie par ailleurs *ange* en norvégien. De même que le nom de famille du personnage, orthographié *vinge*, veut dire *aile*. Il s'agit d'un patronyme très courant dans notre pays, que l'on trouve sous les deux formes : Vinge et Winge. Son nom complet, Engel Winge est donc un jeu de mots à maints égards puisqu'il rappelle aussi *englevinge*, autrement dit *aile d'ange* – une allusion que je trouvais absolument délicieuse.

Stockholm, 9 octobre 2012

*Je barbote doucement dans l'eau. Juste assez pour maintenir ma tête au-dessus de la surface. Mes chaussures flottent à côté de moi. Les enlever ne m'a pas semblé une trop mauvaise idée. Les planches qui recouvraient le puits ont été retirées. Ainsi, je peux contempler le ciel mat de cette nuit d'été. Il n'y a pas une étoile dans le ciel, et tout aussi peu de points lumineux dans mon avenir. L'eau est glacée. Il fait un froid de gueux. D'ailleurs, si ça continue, je vais mourir de froid. Ou me noyer. La noyade est, à ce qu'il paraît, une mort agréable. J'ai essayé de me hisser le long de la paroi en béton. Autant pisser dans un violon. C'est trop glissant, on ne peut se retenir à rien, et je ne suis pas Spiderman. Ni aucune autre superhéroïne, soit dit en passant. Je ne suis qu'une pauvre conne, une idiote de base qui n'a rien trouvé de mieux que de se faire une flopée d'ennemis en l'espace de quelques semaines.*

## chapitre 1

Je sens sa paume étonnamment sèche me caresser la joue. Georg Thomsen, plus connu sous le sobriquet de Barack Athomique à cause notamment de la quantité impressionnante de maisons et de terrains qu'il a achetés, vient de se lever du fauteuil de jardin qu'il n'a pas quitté de toute l'interview. Et donc, avec son bon quintal avachi sur la table, un poids qui lui vaut aussi son surnom, il a tendu le battoir qui lui fait office de main pour me câliner comme si j'étais une gamine de trois ans.

– Et maintenant tu vas rentrer bien sagement chez toi pour nous pondre un papier gentil comme tout.

Les poils de ma nuque se hérissent. La chaise en plastique, jusque-là collée à mes cuisses, s'écrase par terre au moment où je me redresse. Sa main glisse de ma joue à mon sein. Il retire ses doigts comme sous l'effet d'une morsure de serpent. Nos yeux se croisent quelques instants : lui, des gouttes de sueur sur le front et sa grosse paluche contre son ventre ; moi, concentrée, tentant de desserrer mes poings crispés.

– Je ne peux décemment pas partir sans prendre une photo de vous dans votre chalet…, dis-je en me penchant pour sortir mon appareil du sac.

Après l'avoir posé sur la table, à côté de la boisson gazeuse dont je n'ai pas bu une goutte, je me penche à nouveau pour remettre la chaise en place. Tout en expliquant que, si on veut un bon papier, une bonne photo s'impose. Voire, plus la photo est de qualité, plus grande sera la place que nous accordera le rédacteur en chef. Et le rédacteur en chef envisage peut-être une… une double page ! Quand je me relève, je surprends le regard de Barack Athomique braqué sur mon cul. Je me campe devant lui, avec l'appareil photo. Il s'essuie le front avec un air de chien battu. Il se fend d'un commentaire à propos de mon tee-shirt. Celui où il est écrit en gros : *My name is queen of fucking everything*.

– C'est ironique ? veut-il savoir.

– D'après vous ?

En guise de réponse, Barack Athomique glousse et renifle à la fois. Il essaie de fourrer ses mains dans les poches de son short mais, comme elles sont trop étroites, il finit par les croiser sur son entrejambe.

– Et le bateau ? Vous pourriez vous mettre à la barre… ? Oh, oui, allez, ce sera du plus bel effet avec le chalet et le bungalow en arrière-plan ! Parce que… c'est bien un bungalow, n'est-ce pas ? Il est superbe. Je vois que vous avez aménagé un balcon en plus. Ça doit être sympa d'habiter en haut, non ?

– Pourquoi pas… On peut aller dans le bateau, oui.

– Mais, ce n'était pas un simple hangar à bateaux, avant ? je demande, même si je connais parfaitement la réponse.

– Euh, oui… Mais il a brûlé. On l'a remplacé par un bungalow, plus grand.

– Je me disais bien aussi… En tout cas, c'est chouette d'avoir eu la permission de construire un petit appartement au sommet.

– Un appartement… C'est juste une petite chambre, hein. Mon neveu y habite en ce moment, il me donne un coup de main à l'hôtel. Il va être physio au Labyrinthe cet été. Ça lui permet d'avoir un peu de vie privée, cette pièce. Bon, on va au bateau, oui ou non ?

– Plutôt deux fois qu'une !

Je lui emboîte le pas vers l'embarcadère et en profite pour jeter un œil au bungalow. Des rideaux à la fenêtre, côté eau, empêchent de voir comment l'intérieur est aménagé, mais je parie qu'il y a plus qu'une seule pièce. Au même moment, la porte s'ouvre sur un type torse nu en jogging de gonflette. Justement, il ressemble à une bouée qu'on aurait trop gonflée.

– Deux secondes ! je dis. Il faut que j'aille chercher mon deuxième objectif.

Je retourne à la table au pas de course. Je m'accroupis devant mon sac, la tête tournée vers le type sur le balcon. Je le salue à grand renfort des gestes. Il me répond d'une main molle.

Quand je reviens, Barack Athomique a entretemps retourné le bateau dont il a orienté la pointe vers Godøysund et le parc ornithologique. Je mettrais ma tête à couper qu'il n'en a absolument rien à cirer des oiseaux de mer qui nichent dans les parages s'ils sont brusqués et ballottés par des vagues énormes dès qu'il manipule son rafiot de gros richard. Il est obligé de me tendre la main pour que je puisse monter à bord. Alors qu'elle était sèche quelques minutes plus tôt, elle ressemble désormais à une éponge détrempée.

– Ben, dis donc, maousse l'objectif…

– Ben, dis donc, maousse le bateau ! je rétorque en ajustant l'objectif.

Je lui explique que le téléobjectif permet d'obtenir des portraits où le sujet est vraiment à son avantage : la focale rend le motif au premier plan plus net. Je zoome sur le bungalow. Le neveu s'est certes éclipsé à l'intérieur, mais il a laissé la porte ouverte. J'espère que Barack Athomique n'y connaît rien ou pas suffisamment en photo pour réagir. J'aperçois le veau aux hormones s'envoyer des cachets qu'il avale avec un peu d'eau, avant de disparaître dans la pénombre. Je subtilise deux clichés, change de cadrage et prends cette fois deux photos de Barack Athomique. Je vérifie le résultat sur l'écran puis installe l'autre objectif. J'ajoute que j'ai commis assez d'art pour aujourd'hui et que je ferais mieux de me concentrer sur la photo de reportage. Ma remarque le fait rire. Il tourne la tête, prend la pose, sérieux comme un pape.

– Ce serait parfait si vous posiez la main sur la barre. Oui, voilà… Et maintenant vous me regardez.

– Te regarder n'est pas très compliqué !

– Et… on sourit ! Là, voilà !

Un sourire éblouissant lance des étincelles vers le soleil et moi. Je suis sûre qu'il se blanchit les dents.

– J'aurais besoin d'autres prises de vue. Peut-être sur le banc devant la maison, ou… et pourquoi pas sur le balcon de votre bungalow absolument ren-ver-sant ?!

– Non, pas là-bas. Je ne veux pas déranger Tony dans sa tanière.

La tête inclinée, je lui offre mon plus beau sourire. Il m'explique que c'est le bazar chez son neveu, pas du tout un spectacle pour les jolies jeunes filles.

– Oh, dommage ! je m'exclame en croisant son regard. Ç'aurait pourtant été magnifique. À ce moment-là, je propose : vous avec Godøysund dans le fond. Comme un vrai petit roi de la région !

Je me fends d'un rire que je veux le plus jovial possible.

Bien que je sache pertinemment que j'utiliserai une des photos où il parade sur son bateau, j'en prends d'autres devant sa résidence secondaire. Une où il a le bras tendu sur le dossier du banc, comme une invite. À côté, une ancienne caque de harengs fait maintenant office de pot de fleurs rustique pour des dahlias démodés rouges et jaunes. Un panneau accroché sur le mur indique : *Havre de Paix*. Tony, qui entre-temps a enfilé un tee-shirt, franchit le ponton du bungalow avec sa démarche exquise de pingouin.

– Ah, tu tombes bien ! Est-ce qu'on pourrait prendre une photo sur ton balcon ?

– Quoi ?

Je montre du doigt son logement.

– Hum, nan… Grumpf ! aboie-t-il comme un boxer désorienté.

– Dans ce cas on a fini, déclare Barack Athomique en se levant du banc peint en blanc.

Son tee-shirt rose a glissé hors du short kaki, révélant ainsi un bourrelet de graisse à la peau livide recouverte d'une moumoute abondante.

– Eh bien, je n'ai plus qu'à rentrer à la rédaction.

Je tends une main pour serrer la paluche toujours aussi proche de l'éponge imbibée d'eau.

## chapitre 2

Après avoir engagé ma moto dans le fossé pour contourner la barrière et le panneau *voie privée*, j'accélère sur le chemin fraîchement goudronné. Aussi noir et brillant que du pétrole, il file vers le lotissement des chalets, dans le hameau de Gåsevik. J'ai l'impression de rouler sur un édredon. Quand, une fois arrivée devant le port, je cale la béquille, je me rends compte qu'elle s'enfonce dans le bitume. Je cherche du regard une petite surface plane où me garer. Une mouette s'envole du conteneur à poubelles en lâchant un cri rauque et une fiente dégoulinante au moment où je m'approche. Des sacs plastique pestilentiels s'accumulent sur le côté. Dans l'un d'eux, j'avise une lampe, de la laine de verre, des moulures. Je prends quelques photos des jolis déchets qui recuisent sous le soleil. Une dizaine de pas me permettent d'avoir un meilleur aperçu du secteur dont l'accès est bloqué par un deuxième panneau, *entrée interdite*, et toutes les intimidations qui vont avec.

– C'est un quartier privé ! hurle derrière moi une voix féminine à l'accent rocailleux de Bergen.

– Engel Winge, journaliste au *Tysnes*.

Je pivote sur mes talons et tends la main pour saluer la dame qui vient à ma rencontre, le cou tendu comme une guerrière prête à fondre sur moi.

– Et on peut savoir ce que tu fabriques ici ? demande-t-elle sans accepter ma poignée de main.

Je lui explique qu'un des habitants du lotissement, un certain Victor Nilsen, nous a appelés au journal à propos de poubelles qui débordaient. D'où ma présence ici, puisque je suis venue rédiger un article.

– Pas la peine de chercher midi à quatorze heures : tu écris que la municipalité aurait plutôt intérêt à se secouer les puces !

Elle allie le geste à la parole en désignant les sacs dont la mouette s'est déjà régalée. Non sans ajouter que, à ce train-là, ce sont les rats qui vont débarquer.

– C'est vous la journaliste ? m'interpelle un homme dans le jardin du chalet d'à côté.

– C'est vous, Victor Nilsen ? je lui réponds.

– Oui, on s'est parlé au téléphone. Je vous avais pourtant bien précisé de me passer un coup de fil quand vous seriez devant la barrière, que je viendrais vous chercher, dit-il en s'approchant.

Je lui réponds que je suis venue me chercher toute seule.

– La barrière était ouverte ? veut-il savoir, le front barré de rides inquiètes.

– Nan, je l'ai contournée. Niet prablième.

– Quoi ?

– Pas de problème, j'explique, en sortant de mon sac bloc-notes et crayon.

Victor Nilsen va droit au but et me dit que… la municipalité aurait plutôt intérêt à se secouer les puces. Lui aussi désigne les sacs plastique qui traînent sous le soleil et empuantissent l'atmosphère, ajoute que ce n'est pas le premier endroit où il voit les poubelles dégueuler leurs ordures : il a constaté des spectacles lamentables de ce genre au carrefour qui descend à Godøysund et au débarcadère de Våge.

– Il faut que vous y consacriez une pleine page ! Avec photos à la clé, rugit-il. Les gens doivent voir les conteneurs pleins jusqu'à la gueule qui défigurent l'île. Il faut désigner les coupables !

– Certes, mais… Si vous jetez des déchets encombrants dans les poubelles municipales, il ne faut pas non plus s'étonner. Les lampes et les débris de rénovation ne font pas vraiment partie des ordures ménagères…

– C'est pas le problème !

– Ah bon ? Alors c'est quoi le problème ?

– Le problème, c'est que la municipalité aurait plutôt intérêt à se secouer les puces ! Et tirer les conséquences du nombre d'habitants supplémentaires sur l'île pendant la saison estivale. Ils doivent organiser des ramassages d'ordures plus fréquents. Mince à la fin, pour quoi est-ce qu'on paye des taxes d'enlèvement !

tempête-t-il en tapant les doigts de sa main droite dans la paume de la main gauche.

– La barrière que vous avez installée en haut du chemin ne facilite pas le travail des éboueurs, admettez-le.

– Ils ont une clé !

– Tant mieux. Et les déchets encombrants que vous jetez avec le reste ?

– Vous travaillez pour la municipalité, ou quoi ? Je vais vous donner un conseil : vous retournez à votre journal et vous écrivez que la municipalité a intérêt à se secouer les puces et en vitesse !

Victor a haussé le ton. Je résiste à la tentation de lui rappeler que, question responsabilités, ils en ont tout autant dans la mesure où ils balancent tout et n'importe quoi dans leur conteneur. Leurs enquiquinements poubelliers me passent carrément au-dessus de la tête, si ce n'est plus haut encore, mais je suis obligée de me taper l'écriture de ce papier si je veux me faufiler en catimini pour jeter un œil très indiscret à leurs bungalows. Je mettrais ma main au feu que leur construction est aussi peu légale que chez Barack Athomique. Raison de plus pour opiner du bonnet aux pleurnicheries de Victor et confirmer que, oui, décidément, ce que fait ou plutôt ne fait pas la municipalité est ébouriffant et qu'un reportage photo montrant l'ensemble des poubelles surchargées représente un véritable scoop dont le journal ne peut se passer. Face à un Victor tout sourire, j'en rajoute une couche en lui demandant s'il ne verrait pas d'inconvénients à ce que je m'installe sur les rochers devant chez eux, au soleil, pour manger mon casse-croûte que je n'ai même pas eu le temps de prendre, se rend-il compte ?!, avant de repartir à la rédaction.

– Tu comprendras que Victor ne peut pas t'autoriser à t'installer n'importe où. Je te rappelle que tu te trouves dans un lotissement privé, me sermonne la femme qui n'a rien de mieux à faire de son après-midi que d'écouter la conversation, bras croisés.

– Devant mon bungalow, ça ne pose aucun problème, répond Victor en fusillant la femme du regard.

Je le remercie et pars chercher mon sac. Victor m'explique lequel des hangars à bateaux est le sien, lui pendant ce temps doit tondre la pelouse sinon sa femme va lui passer un savon.

– C'est la femme qui commande ! ajoute-t-il avec une mine de plaisantin.

– Mais je te préviens, je ne veux pas te voir photographier ! grogne la vieille peau.

– Qu'est-ce que tu as peur qu'elle photographie ? Tes fesses plates ? rétorque-t-il avant d'éclater de rire et de secouer la tête.

– Je fais pas confiance à ces journalistes, c'est tout, réplique la vieille peau en serrant encore plus les bras contre sa poitrine.

– Mais, calme-toi à la fin, Connie. C'est juste une gamine qui a décroché un petit boulot d'été au journal, dit-il en tournant ensuite la tête vers moi. Je suis vraiment désolé pour ce… Euh, pardon, vous vous appelez… ?

– Engel. Engel Winge.

– Engel ? C'est un prénom, ça ?

– C'était celui de mon arrière-grand-mère.

– Enchanté, fait-il en me tendant la main.

Là-dessus on se dit au revoir, il repart à sa tondeuse tandis que je me dirige vers le hangar à bateaux.

Il ne m'a pas échappé que Victor a employé le terme *bungalow* à propos de son hangar à bateaux, une dénomination parfaitement à la mesure de la construction. J'inspecte vite fait les alentours du regard avant de prendre, à hauteur de hanches, une série de photos volées. Sur ce je vais jeter un œil par la fenêtre. Si le rez-de-chaussée a tout du hangar à bateaux traditionnel, un escalier mène cependant au second niveau. Ce que l'intérieur cache, en revanche, je ne peux que le deviner. Un contournement du bâtiment dévoile la présence d'un conduit d'évacuation qui lui-même mène à… bingo : une fosse septique. À laquelle est apparemment relié le hangar voisin. Je prends une photo du bungalow vu de l'arrière, puis je file en loucedé vers celui d'à côté qui… re-bingo, est lui aussi équipé d'un escalier extérieur montant à l'étage. Avant même d'y avoir réfléchi, je monte les marches quatre à quatre le plus silencieusement possible. Un coup d'œil par la fenêtre percée près de la porte me révèle une grande pièce pourvue d'un coin cuisine et d'un salon terminé par une vitre panoramique qui offre une vue imprenable sur le parc ornithologique. J'ose espérer que la photo sera utilisable bien que je l'aie prise à travers un carreau.

– Eh ! Toi là-bas ! Qu'est-ce que tu fous ici ?

Je me tourne comme un automate et aperçois un type en maillot de bain, à deux pas du hangar. Avec ses lunettes de soleil remontées sur le front qui lui font rebiquer les cheveux, il a l'air d'avoir une auréole autour du crâne.

– Moi ? je fais, en fourrant l'appareil photo en cinq secs dans mon sac.

– Oui, toi.

– Mais rien, voyons.

– Il m'a semblé que tu prenais une photo par la fenêtre de mon hangar à bateaux…

Il met un pied sur les marches de l'escalier.

– Parce que c'est votre hangar à bateaux ? Oh, je suis confuse… J'ai cru que c'était celui de Victor Nilsen. Je le cherche, vous comprenez. Et sa femme m'a dit qu'il était par ici.

Comme je n'ai pas d'autre issue de secours, je prends le risque de descendre vers lui.

– Mais tu as bien pris une photo ? insiste-t-il en essayant de me bloquer le passage.

J'ai suffisamment d'élan pour sauter par-dessus la rambarde, et donc pour l'éviter.

– Pourquoi diable aurais-je une idée pareille ? je réplique, en pressant le pas pour rejoindre le bungalow de Victor.

Quelle conne ! J'aurais dû prendre une photo de tout le bungalow. Ni une ni deux, je sors l'appareil et fais face au type en petite tenue.

– Maintenant oui. Souriez !

J'appuie sur le déclencheur pour être sûre d'avoir quatre ou cinq belles images.

Ceci fait, je me carapate à toute vitesse. Direction, le parking. J'entends le nageur d'appartement proférer deux ou trois grossièretés puis me courir après. Dommage pour lui : il est pieds nus alors que je porte des baskets. Certaines courses-poursuites sont parfois comme des coups de dés : de la triche.

## chapitre 3

Le casque sur le guidon et la copie du permis de construire coincé entre les lèvres, je parcours à moto les cinquante petits mètres qui séparent la mairie du parking de la rédaction. Au moment où j'éteins le moteur, une voix susurre derrière moi :

– Si tu me promets de ne plus jamais le refaire, je ferai semblant de n'avoir rien vu.

Comme j'en reste bouche bée, au propre et au figuré, les papiers volettent vers le sol. Le soleil qui reluit dans le dos de l'homme venant de prononcer cet avertissement lui donne une taille inhabituelle mais lui masque la figure. Malgré ce contre-jour, le bleu clair de sa chemise frappée d'un insigne sur le bras m'indique que je viens de me foutre dans la merde – les deux pieds dedans. Le jeune flic se penche pour ramasser mes précieux documents.

– C'est aussi de cette manière que tu vas chercher le journal ?

– Pardon ?!

– Oui, en le tenant dans ta gueule, comme un petit toutou…, répond-il en levant les yeux vers moi.

– Non mais ça va pas !?

Je descends de la moto tandis qu'il se redresse.

– Papiers du véhicule et permis de conduire, s'il vous plaît.

– Vous rigolez, là… ?

– Parce que j'ai l'air de rigoler, peut-être ? rétorque-t-il sans faire mine de vouloir me rendre ce qui m'appartient.

– Vous croyez vraiment que j'aurais conduit en infraction, ici ? À trois cents mètres à peine du commissariat ?

– Parlons-en d'infraction… Rouler sans casque n'est pas franchement conforme au code de la route, dit-il en tenant toujours fermement mes photocopies.

Je lui tends la carte grise et retourne mon sac pour trouver mon permis de conduire.

– Merde ! J'ai dû laisser mon portefeuille au bureau.

– Voyez-vous ça, Engel Winge…

– Mais comment vous savez que… ?

– Ne fais pas celle qui tombe des nues, s'il te plaît. C'est bien ton nom, du moins pour peu que cette trottinette t'appartienne bel et bien.

– Bien sûr qu'elle m'appartient. Et ce n'est pas une trottinette ! Deux secondes, je monte chercher mon permis.

En traînant ma carcasse, en sueur avant même d'avoir gravi l'escalier, je fonce à la rédaction. J'aperçois mon portefeuille qui traîne paisiblement à côté de l'ordi. J'ôte mon blouson, retire l'élastique de mes cheveux et redescends à toute vitesse. L'apprenti poulet s'est entre-temps assis sur le muret juste à côté de la porte, le regard plongé dans le certificat d'urbanisme. Quand il relève la tête vers moi, je m'aperçois qu'il a choisi une profession exigeant le port d'un uniforme à la couleur parfaitement raccord avec celle de ses yeux. J'avale ma salive et lui donne ce qu'il réclame.

– Bon, tout me semble en règle, dit-il en me rendant mon permis et la carte grise.

– Les papiers, s'il vous plaît…

– Ah oui, bien sûr. Mais dis-moi, un certificat d'urbanisme, ce n'est pas un peu… aride par cette chaleur, comme sujet ?

– Tellement aride que c'en est brûlant !

À ces mots, je tourne les talons. Une fois la porte vitrée franchie, je monte les marches avec le vague espoir qu'il me regarde partir. Et je me rends compte que je n'ai même pas eu la présence d'esprit de lui demander son petit nom.

– Putain, tu me croiras pas…, je raconte à Alf en contournant le comptoir d'accueil qui ouvre sur la rédaction. J'ai croisé un apprenti poulet qui m'a obligée à lui montrer mon permis de conduire et ma carte grise !

– Tout apprenti qu'il était, il devait quand même être bien de sa personne…

Je trouve Alf en train de coller des timbres sur les enveloppes censées porter les nouvelles fraîches en provenance de Tysnes aux abonnés vivant, aussi absurde que cela puisse paraître, aux États-Unis et dans le reste du monde. Les Tysnessiens ont de tout temps pris le large, certains ne sont jamais revenus. Leur journal, cependant, il le leur faut absolument, ne serait-ce que pour lire la parole sainte du dimanche et pour savoir qui a passé l'arme à gauche depuis la dernière fois.

– Qu'est-ce que tu veux dire ? je demande.

– Je veux dire que tu as pris le temps de défaire ta queue-de-cheval et de te passer une main dans les cheveux avant de redescendre comme une furie, explique-t-il, les yeux dansant au-dessus de ses lunettes et de son marcel, avant de se pencher vers moi. J'ignorais que tu avais un faible pour les hommes en uniforme…

– Imbécile ! Il est là, le rédac chef ?

Se balançant sur sa chaise, Alf fixe un point situé par-dessus mon épaule et précise que l'intéressé s'apprête à quitter sa cage de verre pour aujourd'hui. Il me suffit de tourner la tête pour constater qu'il a raison, aussi vais-je au pas de charge vers le bureau de Robert Nes pour échanger deux mots avec lui avant qu'il ne s'en aille.

– Je tiens le scoop du siècle ! je dis, en agitant sous le nez de Robert les copies que j'ai obtenues à la mairie.

– Mais j'espère bien. Nous, pendant ce temps, nous avons réservé la double page du milieu pour l'interview de l'été avec Thomsen et les photos de l'hôtel. Il a le vent en poupe en ce moment.

Robert enfile une casquette avec le dessin d'un pistolet doré encore fumant rehaussé de l'inscription 007.

– Ah… C'est que… j'ai le certificat d'urbanisme et le permis de construire qui prouvent que le hangar à bateaux qu'il a reconstruit sur sa propriété l'a été en toute illégalité.

Robert fait glisser le sac de son épaule qui retombe lourdement par terre. Il parcourt les documents.

– Oui, et alors ? Il a demandé une autorisation pour un permis de construire qui lui a été accordé.

Il me rend les documents.

– Sauf que le hangar à bateaux sur le dessin ne correspond pas à ce qui a été construit en réalité. Il a fait aménager un second niveau qui lui sert d'appartement, son neveu y loge actuellement. Je l'ai vu. J'imagine déjà le titre du papier : *L'investisseur star fraude à tous les étages.*

Je lui parle des autres hangars à bateaux dont j'ai pris des photos. On a de la matière pour monter *le* sujet de l'été : les propriétaires de chalets qui enfreignent joyeusement les règles du code de l'urbanisme, menacent l'équilibre du parc ornithologique et opèrent vraisemblablement en toute impunité sans tenir compte du droit public. La barrière et le panneau qu'ils ont installés à Gåsevik, par exemple : ils empêchent la libre circulation dans la zone littorale protégée.

– Voilà ce qu'on fait : on publie comme prévu notre article sur Barack Athomique dans le prochain numéro et, la semaine d'après, on passe le gros papier sur les chalets illégaux de Gåsevik.

– Tu as des preuves de ce que tu avances ? veut savoir le rédac chef.

– J'ai des photos.

Pendant que je fouille dans mon sac, Robert Nes rabaisse sa casquette sur sa nuque. Je me penche vers lui et fais défiler sur l'écran la série de photos.

– Ils savent que tu les as prises ? Que tu as mitraillé l'intérieur de leur habitation ? demande-t-il en se penchant pour attraper son sac.

– Quelle importance ? Parce que le plus important, tu vois…

– Non. Le plus important, c'est que nous travaillons dans un journal local et que nous n'utilisons pas des méthodes de cow-boy. Tu avais uniquement pour mission de réaliser un portrait plaisant de Georg Thomsen, un homme qui a réussi à remettre sur pied le vieil Hôtel du Fjord, ce qui n'est pas sans conséquences pour le tissu économique de la communauté de Tysnes. Tu es uniquement stagiaire, Engel, pour deux mois seulement. Visiblement, tu as encore beaucoup à apprendre du métier de journaliste. Et maintenant il faut que je file, je suis attendu pour un tour en bateau.

Sur ces bonnes paroles, il me pousse allègrement.

– Mais j'ai des preuves !

Il s'en va, la bouche pincée et les yeux rouges sous la casquette noire.

Sidérée, je regarde Robert partir, le sac dans le dos, puis contourner le comptoir où Alf continue de coller ses enveloppes. Lequel Alf lève les yeux vers moi et déclare que ça ne l'étonnerait pas que Robert aille se balader sur le bateau de son frère, baptisé *White Shark*.

– On a publié un papier sur le bateau en question juste avant que tu commences ton stage, tu le trouveras dans la bannette. Quant au bateau lui-même, en fait un yacht, il a été importé tout spécialement. Tout ça pour monsieur le maire, membre du Parti du progrès, la droite bien populiste, je te le rappelle, ajoute-t-il en insérant un dernier journal dans son enveloppe.

Je suis du regard les mains d'Alf. Je le vois retourner l'enveloppe, la poser sur le verso, suspendre son geste quelques secondes, avant de l'entasser sur la pile. Le courrier est destiné à l'ambassade de Norvège à Tokyo. Papa va donc l'ouvrir. Il lira alors l'interview réalisée par la nouvelle stagiaire employée le temps d'un été, une dénommée Engel Winge. Peut-être découpera-t-il l'article qu'il accrochera au-dessus de son bureau, non loin de la photo de sa fille, autrement dit bibi, où on me voit à côté de la 50 $cm^3$ que j'ai eue l'année dernière, pour mes seize ans. Je secoue la tête pour mieux effacer cette image et vais plutôt fouiller dans la bannette de journaux où, à la page 4 de l'avant-dernier numéro, je retrouve l'article auquel Alf fait allusion. Un reportage photo portant le titre : *Le maire a le sourire*.

– Nan… tu déconnes ?! Le rédacteur en chef de ce journal est le frère du maire ? Pourtant, le maire s'appelle Smørdal…

– Pas besoin d'avoir le même nom de famille pour partager un père. Le plus savoureux dans l'histoire, c'est que Robert et Steven sont nés avec une toute petite semaine d'intervalle et ont été baptisés dans la même eau. Je peux t'assurer que l'église était blindée de monde le fameux dimanche où le baptême a eu lieu. Le père de Steven, le vieux Smørdal, était un queutard connu comme le loup blanc !

Alf, qui rigole tant qu'il peut, vient se placer à côté de moi si bien qu'on se retrouve hanches contre hanches.

– Tu devrais pas te répandre en ragots de chiotte…, lance Patrick, qui ne peut pas mieux dire puisqu'il en sort, sans bruit à cause des sandales qu'il a aux pieds ; il s'essuie en même temps les mains sur son short.

Alf se retourne, s'appuie contre la table, le torse bombé et les hanches en avant, comme pour affronter Patrick. Ils se toisent. La dégaine de Patrick, qui lui donne un corps en forme de S, contraste avec la carrure d'Alf. Et si ce dernier s'illustre par un bronzage estival et des joues légèrement rosées, le premier arbore la peau de celui qui n'a jamais vu la lumière du jour : cils et sourcils sont d'un blanc jaunasse, une joue est creusée par un cratère remontant à une jeunesse bubonesque.

– Tu es toujours là, toi ? fait Alf d'une voix d'emblée moqueuse. Tu espérais peut-être qu'on soit partis pour pouvoir faire tranquillou tes traditionnelles photocopies ? Au fait, c'est lequel des Dix Commandements qui dit qu'il ne faut pas voler ?

Les joues blafardes de Patrick s'empourprent aussitôt. Il clappe de la langue comme s'il cherchait ses mots, ne trouve finalement rien à répliquer, se contente d'attraper son sac et de le remonter de la main gauche à l'épaule. Lorsqu'il passe devant nous, le sac glisse le long de son bras. Il le remet en place d'un coup de fesse puis porte les doigts à sa gorge pour dissimuler sous le tee-shirt une croix en or.

– C'était quoi ce sketch, là ? je demande.

– Patrick profite de notre absence pour utiliser les bons et loyaux services de la photocopieuse : il produit en douce et à l'œil des affiches pour les réunions de sa congrégation religieuse. Je l'ai pris la main dans le sac, un soir.

– Tu l'as raconté au rédacteur en chef ?

Les yeux dans les yeux, Alf me fait signe que non. Il me donne ensuite un coup de coude en désignant la photo de Steven Smørdal et me demande si je ne lui trouve pas une ressemblance avec Robert.

– Ils ont la même gueule de requin, hormis le fait que ce bellâtre de Smørdal a une petite moustache, dit-il, avec un doigt tapant sur la photo.

– Et en plus le yacht s'appelle *White Shark. Requin blanc*, c'est pas de bol…

– Que veux-tu, parfois la vie réelle et la vérité sont elles-mêmes trop connes. Dans ces moments-là, je me demande ce qui se passerait si on publiait noir sur blanc les événements tels qu'ils se déroulent vraiment, ajoute-t-il, ôtant ses lunettes pour mieux en suçoter la branche.

– Et pourquoi on ne le fait pas ?

– Faut pas me poser la question à moi ! C'est toi la journaliste ici. En tout cas pour cet été. D'ailleurs, je ferais mieux d'aller à la poste avec ces journaux qui doivent partir à l'étranger. Tu vois celui-là ? Il part pour Tokyo…, précise-t-il, la tête inclinée sur le côté.

Ça m'étonne qu'il soit au courant pour papa. Mais je n'ai pas envie d'approfondir le sujet maintenant. Ou plutôt : c'est un non-sujet et en parler comme si c'était un vrai sujet est au-dessus de mes forces. Je réponds à Alf que je ferais mieux d'aller rédiger le papier sur Barack Athomique.

J'entre dans le bureau riquiqui qui m'a été généreusement attribué. Je m'assieds pour écrire un article plaisant, truffé de vérités d'une légèreté tout estivale, que le rédacteur en chef pourra servir sur un plateau aux lecteurs. En ouvrant ma boîte mail, je pousse un juron tandis que mon sang cogne contre mes tempes lorsque je découvre un message de Robert Nes. Il me demande d'aller interviewer, demain au commissariat, le remplaçant qui y fait la saison. Et je pousse un deuxième juron en lisant que je dois avoir terminé le sujet sur les poubelles de Gåsevik avant seize heures trente : Patrick doit quant à lui avoir fini de monter certaines pages dans l'après-midi. Ce qui signifie que le zigoto va revenir dans pas longtemps, peut-être même va-t-il mettre sa présence à profit pour photocopier à tour de bras, puisqu'il sera seul à la rédaction. Je ne serais pas très surprise d'apprendre qu'Alf n'a pas passé sous silence ce photocopillage uniquement pour être gentil. Savoir égale pouvoir ; ce qui concerne aussi le savoir qu'on décide de ne partager avec personne.

## chapitre 4

Les mains autour de mon mug de café, j'examine mon introduction. Voici ce que j'ai écrit :

*L'investisseur Georg Thomsen tient bon la barre en or, tout comme il mène bien sa barque économique. La réouverture de l'ancien Hôtel du Fjord, à Godøysund, reconverti en centre de wellness et de conférences ; les chalets paradisiaques fraîchement rénovés à Gåsevik – autant de réalisations rendues possibles dernièrement grâce à l'argent qu'il a investi.* « J'ai de grands espoirs de bénéfices annuels considérables en ce qui concerne l'hôtel. Et ça fait du bien de mettre les mains dans le cambouis pour qu'une œuvre importante rayonne dans toute la communauté de Tysnes », *déclare Thomsen.*

Mais voici ce que j'ai plutôt envie d'écrire :

*L'investisseur Georg Thomsen se vautre dans le fric et les chalets suspects. Le hangar à bateaux que l'on voit derrière lui a été construit en toute illégalité dans une zone littorale strictement réglementée, toute proche d'un parc ornithologique et d'une réserve naturelle à l'équilibre fragile. Mais les soupçons ne s'arrêtent pas à son...* « bungalow »*. D'autres gros bonnets du bâtiment auraient eux aussi, et de la même manière, enfreint la loi dans ce secteur.*

Sauf que ce ne sont pas des soupçons, ce sont des putains de faits ! Seulement voilà, même munie du permis de construire et du certificat d'urbanisme, ça ne suffit pas à obtenir le sésame pour la publication de mon sujet. Du moins dans ce canard de merde. Connard de rédacteur de chef. Pas de couilles lui non plus.

Le téléphone sonne. C'est Irene qui veut m'emmener à une soirée barbecue. Je lui réponds que je ne peux pas, que je dois terminer un article.

– Tu nous emmerdes, Engel ! T'as vu l'heure ? Tu vas pas faire des heures supplémentaires dans ton *Mickey Parade* ! Envoie-le chier, ton chef, merde à la fin !

– OK, mais faut d'abord que j'aille dîner à la maison. Je passerai après. C'est bien à la plage de Korsasjøen ?

– Ouais. Mais viens pas en bécane, comme ça tu pourras boire des bières.

Le frère d'Irene, Joppe, qui a dix-huit ans révolus, va pouvoir lui fournir l'alcool nécessaire pour pimenter la soirée.

– Oh, tu sais quoi ? J'ai été arrêtée par les flics aujourd'hui.

Je lui raconte le contrôle que j'ai subi au pied du journal, alors que je roulais à deux à l'heure, le casque sur le guidon.

– Tu déconnes ?!

– Nan, je te jure ! Il a fallu que je lui montre la carte grise et que je monte chercher mon permis car j'avais oublié mon portefeuille à la rédaction. La honte ! Et le pire, c'est que je dois l'interviewer demain : il fait la saison au commissariat.

– Dacodac. Bon, tu me raconteras tout ça plus tard, Engel. Faut que je garde Anna et elle a l'air de vouloir faire une opération commando sur mon maquillage. À ce soir, ma belle.

J'entends Irene gronder sa petite sœur, tout en se retenant de rire. Et je me dis que ce serait bien, dans le fond, d'avoir des frères et sœurs. Quoique, se coltiner un spécimen comme Anna qui fait bêtise sur bêtise… Irene est toujours fumasse dès qu'on est obligées de l'emmener.

Sitôt raccroché, je pose à nouveau mes yeux sur l'écran. Je n'ai toujours que l'introduction. Et dire que ces boniments doivent s'étaler sur deux pages de journal… Ou plus exactement : la première contiendra la *chouette* interview et la seconde reproduira les photos *avantageuses* de l'hôtel. Voilà comment ma journée a commencé. À trottiner dans les pattes de Barack Athomique, appareil photo à la main, pendant qu'il me faisait la visite du propriétaire. Je branche l'appareil à l'ordi et télécharge les photos. Et force m'est de reconnaître qu'il a drôlement bien arrangé son fameux « *hôtel paradisiaque* ». Rien qu'un coup d'œil à l'allure qu'il avait avant les rénovations me le confirme, puisque j'en ai aussi des images : après que le dernier escroc a voulu transformer les lieux en mine d'or, l'endroit était devenu un vrai foutoir. Je parcours les photos à coup de clics. Ah, je l'adore celle-là : elle a été prise à l'espace wellness et on y voit Barack Athomique qui, dans un jacuzzi, ressemble à s'y méprendre à une grosse boule de poils au milieu de toute cette mousse. Le mieux est encore lorsqu'il bombe le torse et essaie d'apparaître incroyablement détendu. Nul doute que, après l'avoir vu, personne n'aura envie de mettre un orteil dans cette baignoire. Pour ma part, je n'aurai jamais assez de couleuvres à avaler pour arriver à finir ce papier. Mieux vaut donc remettre à demain ce que je ne ferai pas aujourd'hui, d'autant qu'à cette heure-ci il est trop tard pour sauver le monde. Je débranche l'appareil photo de l'ordinateur, change le téléobjectif au profit du grand-angle et fourre le tout dans mon sac. Au moment où j'éteins la lumière, je reçois un texto de grand-mère qui se et me demande ce que je fabrique. Je réponds à toute vitesse que je suis là dans deux minutes.

Arrivée dans la vallée d'Uggdal, je vois un cerf brouter en compagnie de poneys ; il sait pertinemment que l'ouverture de la chasse n'est pas pour tout de suite. Je ralentis, laisse le moteur en marche et sors mon appareil. Le cerf relève la tête et prend la pose en portant haut ses bois à sept andouillers et un air supérieur. Le petit poney à côté de lui est trop occupé à dévorer pour vouloir se mettre en valeur. Quand j'essaie de descendre de la moto pour prendre une meilleure photo, le cerf se retourne si brutalement que le poney et moi faisons un bond de dix mètres de haut. Je sauve de justesse ma monture à moteur avant qu'elle ne s'écrase par terre.

– Animal de merde !

Les trois poneys lèvent la tête vers moi, l'un d'eux en reste bouche bée, exhibant l'herbe qu'il est en train de mâcher.

– Désolée…

Je me remets en selle et fonce à toute blinde. Grand-mère comprendra quand elle verra la photo magnifique du cerf.

## chapitre 5

Grand-mère s'est vraiment décarcassée. Elle, Kestutis et moi avons pris place à la table de la cuisine où nous dégustons un pavé de cerf arrosé d'un vin rouge. Bien que je ne sois pas encore majeure, grand-mère m'en sert un verre de temps à autre ; pour ça, elle est charmante. Kestutis, autrement qualifié comme « l'hôte de la maison », la dénomination en vigueur lorsque ses invités restent à la maison plus longtemps qu'à l'accoutumée, tente d'expliquer dans un anglais très approximatif en quoi le cerf est un animal mystérieux. J'ai voulu lui parler en russe, mais grand-mère m'a alors fusillée du regard. Kestutis a feint de n'avoir rien vu et m'a répondu en anglais. De fait, il est originaire de Lituanie, le même pays que Marija Gimbutas, une archéologue dont grand-mère est folle. Kestutis et elle ont regardé hier soir le film *The World of the Goddess* tout en sirotant une bouteille de vin et en papotant jusqu'au bout de la nuit. J'entendais leurs voix. Puis je les ai entendus monter l'escalier, ensemble, et « entrer en contact », ensemble, avec la déesse intérieure de grand-mère.

– Ce serait chic si tu m'accompagnais voir Unn. Oui, ce serait vraiment adorable de ta part.

Sa remarque intervient si brusquement que le vin qui descendait dans ma gorge me remonte par le nez.

– Non, je ne veux pas aller au cimetière pour voir la tombe de maman. Au fait, tu comptes l'y emmener ? je demande, avec un hochement de tête en direction de Kestutis.

– Ne sois pas désagréable, Engel. Il comprend plus de choses que tu ne l'imagines. C'est un homme très sensible, répond grand-mère en posant une main sur mon bras.

– Parce qu'il comprend le norvégien maintenant ? Tout à l'heure, il n'entravait pas un mot de russe. Il a beau être plus jeune que toi, il a quand même grandi en Union Soviétique et a appris le russe à l'école.

– Là tu es carrément odieuse.

Je me lève, munie de mon assiette dont je jette les restes à la poubelle. C'est Lars, le voisin, qui a tué le cerf. Lars, l'éternel vieux garçon qui se met en quatre pour satisfaire le moindre désir de grand-mère, répond présent dès qu'elle lève le petit doigt, lui prépare son jardin pour qu'elle y plante des herbes aromatiques, l'aide à entretenir la maison, lui a construit un poulailler quand elle s'est mis en tête d'avoir une basse-cour, démolit le poulailler quand elle en a par-dessus la tête de s'occuper de la basse-cour.

Grand-mère repart à la charge :

– Engel, franchement, il serait grand temps que tu viennes avec moi. Unn avait elle-même choisi la pierre tombale. Avec ses lettres dorées, c'est devenu une sépulture magnifique.

Je sens son regard m'éperonner entre les omoplates.

– Ça ira, merci, je réponds, en frémissant pour me débarrasser de ses yeux. J'ai déjà vu la pierre tombale alors qu'elle n'était encore qu'une pierre sur le rivage, sans lettres dorées.

– C'est ta mère, Engel.

– Non, c'est une pierre. Une pierre froide et sans vie.

Mon ventre se remplit de pierres du même type. Des pierres froides et tranchantes qui s'entrechoquent.

J'ouvre le robinet. L'eau jaillit dans l'évier comme un torrent qui assourdit les paroles de grand-mère. Je rince l'assiette que je range dans le lave-vaisselle. Sans un regard pour grand-mère, je passe devant la table et gagne l'escalier. Je sens toujours son regard dans mon dos tandis que je monte les marches quatre à quatre. À l'autre bout du couloir, la porte blanche ouvrant sur la chambre de maman brille dans la pénombre. Je m'immobilise. Je prends alors mon courage à deux mains et décide d'y aller. J'ouvre. L'odeur de maman flotte dans la pièce. Je m'allonge sur le lit, me recroqueville sur la couverture. Une photo de nous deux est posée sur la table de nuit, prise sur les bords du Nil, le jour de ses trente ans. Quant à moi, j'ai neuf ans et un appareil dentaire. Il y aurait de la place pour papa sur la photo, mais il est resté à Moscou. Le voyage sur les rives du Nil correspondait au début de notre vie commune, à maman et à moi. C'était nous, les filles, seules et sans homme. À l'époque où papa était en poste en Russie et où on s'est installées à Bergen. Je garde peu de souvenirs de nos deux années passées là-bas. Hormis que maman est tombée malade et qu'on est venues vivre chez grand-mère. La maladie a duré tellement longtemps que j'ai fini par cesser d'avoir peur, par cesser de rester sur le qui-vive. Je regarde son visage, son sourire. Derrière ce sourire et les yeux rieurs, les métastases étaient déjà tapies en embuscade. À côté de la photo, une pile de CD, tels qu'elle les a laissés. Pet Shop Boys. Je me souviens qu'on s'allongeait sur son lit et qu'on les écoutait en boucle. On était surexcitées en songeant à leur concert, dans la Halle Grieg à Bergen. Elle m'avait promis de ne pas mourir avant le 27 septembre, date de leur concert. J'y suis finalement allée avec papa, le lendemain de l'enterrement de maman. C'était… étrange. Papa était retranché en haut de la salle avec son verre de vin blanc pendant que j'étais noyée dans la foule. Je me suis frayé un chemin jusqu'au-devant de la scène, aspirant la chaleur des corps autour de moi. Quand ils ont chanté *It's a Sin*, je me suis tournée vers mon voisin, il m'a souri, on s'est embrassés. Bon, il était sûrement homo mais je m'en contrefous. Tout ce que je voulais à cet instant-là c'était ça : ce baiser, cette vie qui émanait d'un autre corps, un corps débordant de joie et de bien-être. Après m'avoir embrassée, il m'a tendu son verre en plastique et j'ai bu de la bière sur *It's a Sin*. En haut, derrière moi, se trouvait papa qui n'aime pas les Pet Shop Boys mais a adoré regarder les danseurs de sexe masculin se trémousser sur scène. Il me l'a dit, après : « Pas mal du tout, la chorégraphie… » J'ai vu qu'il avait pleuré. La seconde d'après, il m'a serré dans ses bras et il a dit cette fois : « *You're so flamboyant, darling !* » On a passé la nuit à l'Hôtel de Norvège. Et bien qu'il nous ait réservé chacun une chambre immense, il s'est finalement endormi à côté de moi, dans mon lit. Quand je me suis réveillée, il était parti.

– Dernière chance pour venir, Engel, dit grand-mère, la tête dans l'entrebâillement de la porte.

– Non, merci, ça ira. En plus j'ai rendez-vous à la plage de Korsasjøen. Je rentrerai tard.

Voyant que je rabaisse mes paupières avec force, grand-mère referme doucement la porte. Je me dis que, ce soir, je n'ai qu'une envie : terminer fine soûle. Au beau milieu de la tragédie familiale, comme si ça ne suffisait pas, papa se manifeste par le biais d'un texto envoyé de Tokyo. Il veut qu'on se parle sur Skype, je lui demande si ça peut attendre demain. Il m'informe alors qu'il a obtenu un poste à l'ambassade de Berlin et qu'on doit discuter de la manière dont on va procéder après la rentrée. Je lui réponds, non sans un « félicitations ! » de rigueur, que je venais juste de m'habituer à ce qu'il vive au Japon. Ce qui est complètement faux puisque je ne m'étais habituée à rien du tout. Je me lève. La pile de CD est toujours intacte sur la table de nuit. Il faudra pourtant que je les range un de ces jours. Mais, pour l'heure, il s'agit de se bourrer la gueule.

Je suis dans cet état d'ébriété où les pensées sont tout à coup d'une étonnante clarté, qui me permet de savoir très exactement ce que je vais écrire. Je pose mon verre d'eau à côté du Mac, balance mon blouson sur le lit et m'assieds sur le fauteuil de bureau. Irene a tiré une tronche de trois mètres de long quand je lui ai annoncé que je partais, expliquant que je devais bosser. Autant dire que ma décision a été facilitée, d'un côté par les saucisses calcinées à l'extérieur et crues à l'intérieur qu'il fallait ingurgiter, de l'autre par la seule chanson que Joppe a appris à jouer à la guitare et dont il nous a bassinés en l'interprétant non seulement en boucle mais avec un tempo trop lent. Si son plan consiste à draguer les nanas en grattant sa guitare, il aurait plutôt intérêt à se démener sérieusement et à répéter dès qu'il est seul, dans sa chambre de petit garçon ou dans un bunker à l'isolation sonore parfaite. Ses cling clong clang me martèlent toujours le cerveau. J'attrape mes écouteurs, cherche Amy Winehouse sur mon mp3 et laisse mes doigts glisser sur le clavier. J'adore cette sensation quasi jouissive de voir les mots me venir avec autant de facilité. Je devrais toujours boire en écrivant. Je sens que je suis tout sourire. Je prends une gorgée d'eau, prête à entamer la deuxième partie de l'article, intitulée *Self made man*, où Barack Athomique explique qu'il est essentiel, *dixit*, de saisir les opportunités qui se présentent, de croire en soi et de ne pas s'arrêter en cours de chemin sous prétexte que des gens vous bloquent la route :

« C'est pas du cynisme, mais du bizness, nuance ! » nous déclare Georg Thomsen, bras écartés, à l'espace dit wellness de l'hôtel, tandis qu'il barbote dans le jacuzzi où il profite d'un bain à bulles.

## chapitre 6

– Me voici donc. À pied.

Je viens de passer la tête dans le bureau de l'apprenti poulet, dont j'ai appris qu'il se nomme Ole Grøndal et qu'il est originaire de Trondheim.

– Le contraire m'eût étonné, répond-il. Puisque nous sommes à l'intérieur.

Il recule de cinquante centimètres de son bureau en faisant rouler son fauteuil et croise les mains sur le torse.

– Vous me donnez une petite prise, dans ce cas ? je réplique, avec un léger hochement de tête vers sa boîte de poudre à tabac.

– Eh ! eh ! C'est bien joué mais… j'ai vu ton permis de conduire, qui m'a indiqué que tu as dix-sept ans. N'y pense même pas.

Il a toujours les mains sur la poitrine, les paumes carrées sous les aisselles.

Je prends une voix surfaite en notant à l'aide d'un crayon imaginaire sur un bloc-notes invisible :

– Obéit cent pour cent à la loi. Un exemple pour la communauté !

– OK. Je ferme les yeux et je compte jusqu'à dix.

– Ça me laisse largement le temps de vider votre bureau.

– Cinq !

Je suis assez rapide pour le détrousser sa boîte de snus. Heureusement il s'agit de poudre à tabac en sachet et à non à rouler. Ce n'est certes pas très viril, mais plus facile à mâchonner.

– Merci beaucoup.

D'un coup de langue, je pousse le sachet de snus correctement sous ma lèvre.

– De quoi ? Je t'ai donné quelque chose, moi ? demande Ole, bras écartés.

– Alors, on se tutoie… Tu m'offres un café ?

– Tu bois déjà du café à ton âge ?

– Oui, pourquoi ? Pour ça aussi il y a un âge réglementaire ?

Tout sourire dans la file d'attente, je patiente pour payer mes commissions : sachet de café, pain et accompagnements divers et variés en vue du déjeuner-tartines que nous prendrons en commun. Je repense à l'interview, qui finalement s'est révélée assez désopilante. Moi qui ai toujours considéré les gens de la police comme des personnes d'un sérieux à bâiller d'ennui, je peux repasser : Ole a étendu son corps tout en longueur, et en langueur pour l'occasion, sur le capot du véhicule de patrouille au moment où je devais prendre la photo. À peine si j'y suis arrivée tellement je tremblais comme une feuille.

– Excuse-moi, est-ce que je pourrais passer devant ? J'ai que ça…

Le plombier, ou la Bonde d'Évacuation comme il est surnommé dans le coin, s'est collé à moi, un pack de bières à la main.

– Mais bien sûr, voyons… Beaucoup de travail en ce moment ?

– M'en parle pas ! À cause de ces gens, là, avec leur chalet à réparer, pff…, peste-t-il en sortant un billet de deux cents de la poche de sa salopette.

– Vous n'auriez pas, par hasard, fait des travaux dans la zone de Gåsevik et du côté de Godøysund ces derniers temps ?

– Plutôt deux fois qu'une, oui !

Il fourre son pack de bières dans un sac plastique qui reproduit une vieille yole en bois, avec l'accroche suivante : *Tysnes, une île paradisiaque*.

– Dans un hangar à bateaux, peut-être ?

– Si on peut appeler ça un hangar à bateaux… Ces gros richards veulent plutôt avoir leur rafiot dans le salon.

Il s'empare du sac plastique et file au pas de course comme s'il détalait avec de la marchandise volée.

– Deux secondes, je reviens, dis-je à la caissière.

Je lâche mes courses sur le tapis et fonce à la poursuite de la Bonde d'Évacuation, que je rattrape devant sa voiture. J'ouvre en grand la portière côté conducteur et lui demande s'il accepterait de confirmer ses propos dans une interview.

– Tu crois que je suis frappé ou quoi ? C'est qu'un ramassis d'avocats et de gens pétés de thunes. Ils m'écraseraient comme un moucheron.

Il met le moteur en marche, essaie de refermer la portière mais, dommage pour lui, je refuse de céder.

– Parlons-en justement. Frappé comme l'a été votre femme ?

– Qu'est-ce que tu veux dire ?

Il tire la portière comme un dératé.

– Je suis passée à la mairie, hier, et votre épouse avait un vilain bleu à la tempe. Elle prétend s'être cognée contre une armoire d'archivage. Vous avez un commentaire à faire sur ce point ?

La voiture commençant à rouler, je suis cette fois obligée de lâcher la poignée. La Bonde d'Évacuation ne tarde pas à refermer la portière et quitte le parking, pied au plancher.

Je grimpe la volée de marches, comme d'habitude, quatre à quatre. Le coin du pack de lait dans le filet à commissions ne cesse de me cogner le mollet, je vais me récolter un bleu à ce train-là. Je suis accueillie par le regard éloquent d'Alf, derrière son comptoir.

– Notre cher rédacteur en chef tournicote dans sa cage de verre comme une mouche à laquelle on aurait arraché une aile.

Frottant son stylo-bille contre sa lèvre inférieure, il finit par en suçoter l'extrémité avant de s'en servir pour le pointer vers moi puis vers Robert.

– Quoi ?

– Tu as un talent indéniable pour énerver la gent masculine…

Après m'être délestée des commissions sur ses genoux, je lui envoie un doigt d'honneur par-dessus l'épaule tandis que je me dirige d'un pas décidé vers la fameuse cage de verre. À travers la paroi vitrée, je croise alors le regard de la gueule de requin que j'ai en guise de supérieur hiérarchique et vois ses narines se dilater au moment où il remplit ses poumons. Sur ce, il courbe le dos et sort de son bureau.

– Mon cher Robert ! Tu sais que cette chemise bleu clair te va à ravir ? je lui lance, en posant une main sur son épaule.

L'air qu'il vient d'accumuler lui sort tout d'un coup par la bouche sous la forme d'un rire incertain. Du coin de l'œil, j'aperçois Alf poser les courses sur sa table et tourner sa chaise vers nous pour ne rien perdre de ce qui va se passer.

– Figure-toi que j'ai croisé le plombier à la supérette. Il m'a dit qu'il était intervenu pour des travaux dans plusieurs des hangars à bateaux. Je suis sûre que je peux le convaincre de faire une déclaration pour le journal. C'est pas fantastique ?

– On verra ça plus tard. Dis-moi, j'ai reçu un coup de fil de Thomsen, et il n'était pas très satisfait de tout ce que tu as écrit, glapit Robert avec le peu d'air qui lui reste dans les poumons.

– Le papier n'est pas parti à l'impression ?

– Non. Il a demandé que soient apportées quelques corrections. Et il veut qu'on supprime le passage sur son ancien hangar à bateaux qui a brûlé et a été reconstruit avec un… Comment tu l'as formulé déjà ? Ah oui : « Un appartement, en réalité un loft de rêve, avec une vue imprenable sur le parc ornithologique. »

Après avoir lu le passage en question, le rédacteur en chef me tend une sortie papier de mon article, froissé de colère, humide de transpiration et biffé à coups de stylo-bille bleu pour l'ensemble des phrases qu'il désire caviarder. Je proteste :

– Mais quoi ? C'est la vérité !

– Et c'est un journal *local*, Engel !

Il serre tellement fort ses paluches que les articulations en sont blanches.

De quoi tu as peur ? je lui demande.

Robert Nes fait un demi-tour sur lui-même pour regagner son bureau d'un pas martial, non sans claquer la porte.

– C'est peut-être de ça qu'il a peur… ? dit Alf qui vient de me rejoindre avec une page de journal.

Il s'agit d'une publicité pleine page annonçant la réouverture de l'hôtel, le week-end prochain, en plus du lancement de la discothèque, le Labyrinthe.

– Et la semaine d'après, une demi-page est d'ores et déjà réservée, ainsi que des encarts durant tout l'été pour la boîte de nuit et les différents groupes qui se produiront au restau. Est-ce que tes oiseaux de mer, en battant leurs petites ailes, peuvent faire tomber autant de sous dans l'escarcelle du journal ?

Alf me tend la copie de la pub, non sans une inclination de la tête et un coup d'œil panoramique sur ma poitrine.

– Fais chier ! Moi qui ai parlé à la Bonde d'Évacuation… Au fait, tu savais qu'il frappe sa femme ?

– Non. Mais c'est peut-être pour ça qu'elle va se faire consoler par le directeur du service de l'urbanisme, rigole Alf.

– C'est-à-dire ?

– Tu ne crois pas que, au lieu d'une parole en l'air prononcée par un plombier alcoolique, une déclaration du directeur de l'urbanisme serait du meilleur goût ?

Il ponctue sa phrase par un pincement de fesses. Je lui attrape le poignet en l'avertissant qu'il n'a pas franchement intérêt à recommencer.

– Oh là là… Si on n'a plus le droit de faire une blague, maintenant…

– Il y a une différence entre la blague et le harcèlement, Alf. Et tu viens juste de pincer les fesses de la mauvaise personne, coco. Donc tu sais quoi ? Pour te faire pardonner, tu vas aller bien gentiment préparer le café et le déjeuner pour tout le monde.

Alf incline la tête, je lâche sa main et rejoins mon bureau. Seulement, pour y aller, je dois traverser le domaine du rédacteur en chef. Concentré sur son ordinateur, il ne m'accorde pas un regard. Ça tombe bien, je n'ai pas grand-chose à lui dire non plus.

Après avoir refermé la porte, je regarde la feuille avec le passage supprimé et les phrases notées en petites lettres pointues, que Barack Athomique veut voir figurer dans le portrait qui lui est consacré. Autrement dit ce que Robert a servilement consigné et que je dois reporter. C'est maintenant que j'aurais besoin de snus, tiens... Je revois Ole, renfoncé dans son fauteuil, les yeux fermés, en train de compter jusqu'à dix. Je m'assieds, me cale dans la chaise, lève les yeux au plafond, mais ne trouve aucune réponse. L'ambiance survoltée de la nuit dernière, qui a prévalu à l'écriture du papier, ne réapparaît pas, quand bien même je m'efforce de la convoquer.

## chapitre 7

Irene se goinfre de glace pendant qu'on parcourt le journal, adossées aux baies vitrées, à l'extérieur du magasin où elle bosse pour la saison.

– Eh ! mais t'as presque écrit le journal à toi toute seule, Engel. Si tu continues comme ça, va falloir rebaptiser le canard et l'appeler *Le Quotidien d'Engel* !

Elle compte jusqu'à six articles ponctués par ma signature. J'ajoute que j'ai également rédigé des notules.

– *L'été empesté*, lit-elle, puisqu'elle est arrivée au papier qui porte sur les poubelles.

– C'est pas vraiment un scoop, je le reconnais. Mais le vrai problème, c'est que les gens balancent tout et n'importe quoi dans les conteneurs. En même temps, ils exigent que la municipalité et la société chargée de la collecte des ordures ménagères les débarrassent de leurs déchets avant même qu'ils aient été jetés. Les usagers doivent aussi faire un geste de leur côté pour la protection de l'environnement, bordel !

– Excuse-moi, Engel, mais… c'est chiant comme la pluie, ton truc.

Elle me demande pourquoi il n'y a rien sur la réouverture de l'hôtel ni, le plus important, sur la boîte de nuit le week-end prochain. Je lui explique qu'on va y consacrer une double page dans le prochain numéro. Irene me claque le journal sur les genoux et me dit qu'il faut ab-so-lu-ment qu'on aille à la soirée du Labyrinthe : Joppe nous a réservé deux places dans le bus qui emmènera les fêtards, il y aura alcool à profusion, gratuit en plus puisqu'il s'agit du reste de ce qu'il a réussi à se procurer par un type des chantiers navals de Stord.

– Les mineurs n'ont pas le droit d'entrer dans la boîte de nuit. Et même si on avait dix-huit ans, je préférerais encore me pendre plutôt que de donner du fric à ce connard corrompu jusqu'à la moelle.

Sortant ma boîte de snus, je me rends compte qu'elle est presque vide.

– Tu sais que c'est pas très sexy les filles qui mâchonnent du snus ?

– J'en ai rien à cirer, je réponds, en calant le sachet de poudre de tabac sous ma lèvre – je sens aussitôt des picotements contre ma gencive.

– Réfléchis-y… Pour la sortie au Labyrinthe, je veux dire.

La tête penchée sur le côté, Irene gémit comme un petit chien qui réclame son susucre.

– Je vais y réfléchir. Et quand j'aurai réfléchi, je te dirai que c'est non.

Je me relève.

– J'espère que tu viens, au moins, demain. Joppe et ses potes vont faire un feu de la Saint-Jean, un feu géant.

– On verra, il faut que je travaille. Tu sais que t'as l'air vraiment niaise dans cet uniforme ?

– Je sais. Bon, il faut que j'y retourne.

– Tu accepterais de me vendre une boîte de snus ?

– Non, je n'ai pas le droit d'en vendre étant donné que je n'ai pas encore dix-huit ans.

– OK. Je t'accompagne quand même, il faut que j'achète des trucs pour ma grand-mère.

– Elle a toujours son artiste en visite ? Je crois que c'est lui que j'ai vu au magasin récemment. Il est bien foutu…

– Grand-mère est du même avis. Je crois qu'ils se sont trouvés, tous les deux…

– Quoi ? Ta grand-mère ?!

– Ben quoi ? C'est tout à fait normal pour une dame de cinquante-sept ans d'avoir une vie sexuelle. Ou plutôt, pour la paraphraser : c'est naturel et c'est sain.

– Ma mère en a cinquante-cinq, je crois pas que…

– Si c'est vrai alors c'est triste.

Je prends un panier, sors la liste des commissions que grand-mère m'a donnée.

– Réfléchis quand même pour samedi, me répète Irene avant de s'installer à la caisse.

Je lui adresse un joli mais gentil doigt d'honneur.

Assis sur le perron, avec chacun leur couteau à la main, grand-mère et Kestutis nettoient des racines au moment où j'entre dans la cour. Je roule jusqu'à eux. Une fois que j'ai éteint le moteur et ôté mon casque, grand-mère me tend une des petites racines :

– Sens.

– Pouah, certainement pas !

Je descends de la bécane.

– Si, je t'assure. Ça sent bon !

Je m'approche, renifle et constate avec surprise que l'odeur est sucrée.

– De la rhodiole ! s'exclame-t-elle, aux anges. Ce n'est pas merveilleux qu'elle pousse dans notre jardin ? Kestutis en a trouvé en allant se promener aujourd'hui.

– Et qu'est-ce qu'elle a de si merveilleux ? je demande, sans m'intéresser du tout à ce qu'elle va me répondre.

– La rhodiole, également appelée racine dorée ou orpin rose, fonctionne un peu comme le ginseng : elle a des vertus stimulantes, non seulement sur le psychisme mais aussi, oui… sur la sexualité. On peut faire sécher les racines et les préparer ensuite en décoctions, explique grand-mère en se tournant vers Kestutis qui se fend d'un grand sourire.

– Ma foi, c'est passionnant…

Je passe devant elle en tenant les commissions, mais elle n'a pas terminé son laïus d'herboriste.

– Oui, Engel. Mais il y a autre chose de passionnant. Kestutis m'a promis de me réaliser une sculpture de déesse. C'est pour ça que nous sommes allés faire un tour dans le jardin aujourd'hui : pour trouver le chêne idéal dont il pourra se servir ensuite. Il va falloir qu'on travaille toute la nuit, tu sais. La sculpture doit être fabriquée pendant la nuit de la Saint-Jean pour qu'elle possède des pouvoirs magiques.

Elle me raconte ça avec un enthousiasme qui dépasse celui d'un gamin de cinq ans en train de s'amuser dans la piscine à balles d'Ikea.

– Et qu'est-ce que tu comptes faire d'une sculpture de déesse ?

– Mais décorer la propriété, voyons ! En plus, ce sera fantastique pour le séminaire que je vais organiser cet automne, consacré justement à la figure de la déesse.

Sur ce, elle se tourne vers Kestutis pour lui parler, en anglais. J'entre dans la cuisine. Je n'ai aucune peine à comprendre que, si tant est que je veuille prendre un repas convenable qui ne se compose pas essentiellement de thé à la rhodiole, j'ai plutôt intérêt à le préparer moi-même.

## chapitre 8

Ainsi que le veut la tradition, la mariée de la Saint-Jean, juchée sur une carriole tirée par un cheval, salue la foule massée sur le bas-côté de la route et jusque sur le port. Sauf que celle-ci se comporte comme une vraie diva. Ça ne refrène nullement les gens, qui agitent la main à qui mieux mieux. Une femme, en apparence la mère de la gamine, crie que la mariée doit se rasseoir dans la carriole. Après quoi elle la mitraille avec son compact numérique, qu'elle brandit le plus haut possible au-dessus de son crâne pour ne rien perdre de ce moment a priori historique. Quand l'attelage arrive à ma hauteur, j'aperçois la présence d'un marié. Sous son chapeau aux bords trop larges pour sa petite tête, le bout de chou tripote les boutons de sa veste de costume folklorique, avec une mine boudeuse. La fillette nous salue, l'appareil photo et moi, avant de se rasseoir. Elle réajuste la couronne de fleurs qui ceint ses cheveux et donne un coup de coude à l'époux qu'on lui a donné pour cette occasion festive. Il lui répond par une bourrade telle qu'elle en perd son bouquet de fleurs. Une fois la carriole passée, j'abaisse mon appareil pour vérifier si j'ai pris des photos potables. Je suis obligée de me pencher et de mettre ma main en visière autour de l'écran pour pouvoir distinguer quelque chose. Même s'il n'est que dix-huit heures, le soleil est au zénith et ne se couchera que sur les coups de minuit en cette journée la plus longue de l'année.

– Toujours là où ça se passe…, dit une voix connue derrière moi.

Je sens mon cœur cesser de battre le temps d'une seconde. L'instant d'après, il est très affairé à envoyer du sang frais dans les circonvolutions de mon cerveau anémié.

– Comme tu le vois…, dis-je sans me retourner, en me maudissant de ne pas avoir prononcé une réplique plus classe.

– Bon, dans ce cas je ne vais pas t'importuner davantage, dit Ole.

– Parfait.

Je l'entends partir.

L'appareil photo me fait l'effet d'un poisson gluant qui menace à chaque instant de glisser de mes mains. Je m'accroupis pour le poser dans le fossé à côté de moi tout en feignant de lacer mes chaussures – et me rends compte que je ne porte pas aujourd'hui de chaussures à lacets. Maintenant que mon couvercle cérébral a refroidi, je peux pivoter la tête et chercher Ole des yeux. Il est facile à repérer, avec le chef de police qui l'accompagne et les gosses agglutinés autour d'eux, pas encore assez vieux pour se montrer méfiants face à des chemises bleu flic. Ole serre la main de la très jeune mariée qui lui tend son bouquet. Quelle cruche ! Ça ferait un beau motif… Je me redresse à une telle vitesse, et avec un tel professionnalisme, qu'un vertige noircit ma vue. Je sens immédiatement la faim me tirailler, et j'espère que les stands à saucisses ne vont pas tarder à ouvrir.

Aussi incroyable que cela puisse paraître, je trouve un banc libre sur lequel je vais pouvoir savourer ma saucisse, que j'ai payée une petite fortune. Sept loups affamés grognent dans mon ventre et, pile au moment où ils hurlent, je regrette de ne pas en avoir acheté deux.

– C'est toi la stagiaire du journal, non ?

La voix est celle d'un monsieur âgé, un dossier défraîchi à la main. Incapable de répondre puisque j'ai la bouche pleine, je me contente d'un hochement de tête et essuie du dos de la main le ketchup qui me rougit les commissures. L'homme s'assied à côté de moi et se présente comme étant Eddie Rander.

Eddie Rander est l'un de ces spécimens d'hommes qui vieillissent d'une façon quasi androgyne : son visage n'a pas pris une ride, il s'est uniquement ramolli ; ses lèvres, d'un pulpeux très féminin, prennent la forme d'une bouche en cul-de-poule aux allures de framboise. Son corps a la même douceur, avec des seins légèrement proéminents sous la chemise. Mais son regard reste tout de même le plus marquant : des yeux bleus et perçants sous des sourcils sinon épilés, en tout cas soignés.

– Je ne vais nulle part sans mon dossier, déclare-t-il en me regardant d'un air grave.

– Ah bon ?

– J'ai un sujet unique pour le journal, ajoute-t-il, et pose le mystérieux dossier sur ses genoux.

L'histoire qu'Eddie Rander se met à me raconter est aussi fascinante que son apparence. La journaliste en moi sursaute. Je jette le reste de saucisse pour, les mains libres, pouvoir prendre des notes.

– Voilà la masure que John Musgrove a fait construire sur l'île de Solstråleøya.

Il me tend la copie d'une photo noir et blanc.

– Quelle drôle de baraque… C'est bizarre que je n'en aie jamais entendu parler.

Rander m'en confie une seconde, datant de 1906, qui montre le roi de Norvège, Haakon, à côté de John Musgrove et d'Ada. Celle-ci avait onze ans lorsque, en 1889 avec l'Anglais excentrique, elle est venue vivre sur l'île où il a bâti son fameux « Palais », tout aussi excentrique que lui. La jeune fille n'avait pas le droit d'aller à l'école et vivait totalement coupée du monde en compagnie du vieil homme. Il l'a nommée légataire universelle à la condition qu'elle ne se marie pas, même après son décès. Un jour, John et Ada ont quitté l'île de Solstråleøya d'une manière aussi énigmatique qu'ils s'y étaient installés. John est décédé en 1907 et, quelques années plus tard, Ada a fait don de la propriété à la famille royale norvégienne.

– Est-ce qu'il était vraiment ce lord anglais en exil que tout le monde disait, et comme tout le monde le croyait ?

– Non, mais Musgrove avait beaucoup de facettes cachées. Tout ce que je peux dire, c'est que les motifs qui l'ont poussé à se fixer en Norvège, sur une île aussi isolée, avec une fillette de onze ans qui n'était ni sa fille ni sa petite-fille, sont loin d'être innocents.

Il secoue la tête en rangeant la photo dans son dossier.

– Je ne peux pas vous promettre que nous allons y consacrer un article. Mais je trouve l'histoire absolument passionnante, dis-je en refermant mon bloc-notes.

– Tu verras quand mon livre sortira cet automne… Les gens vont en rester sans voix quand ils apprendront le mystère lié à cette petite île de prime abord idyllique.

Il se lève, cale son dossier sous le bras et me salue sur un mode suranné avant de s'en aller.

Il est presque vingt-deux heures lorsque j'enfonce la clé dans la serrure. La porte de la rédaction n'est pas verrouillée. Instinctivement, je me dis que je dois être la plus silencieuse possible. Je referme la porte sans bruit et contourne le comptoir à pas feutrés. Je vois le rédacteur en chef dans sa cage de verre, en compagnie d'un type me tournant le dos, carré dans le fauteuil de bureau.

– Marché conclu alors, dit l'homme, si fort que je l'entends à travers la cloison en verre.

Il se lève du fauteuil et prend appui sur le bureau, phalanges posées contre la table. Au moment où Robert Nes se renfonce dans le fauteuil, il m'aperçoit. Je lui souris et le salue d'une manière exagérée. Le visiteur se tourne lui aussi vers moi. Je reconnais immédiatement le propriétaire de la moustache qui orne sa face de bellâtre. Ce n'est nul autre que Smørdal, le maire. Sans me dire bonjour, il fait à nouveau pivoter son fauteuil, comme pour que je ne le voie pas. Robert bondit aussitôt et fonce vers la porte, qu'il ouvre avec fracas.

– Qu'est-ce que tu fais là ?

– J'ai couvert la fête de la Saint-Jean dans le village et je voulais juste transférer les images sur mon ordinateur avant de rentrer.

– Non.

– Mais ça prend un quart d'heure maxi ! Je voulais simplement m'assurer que les photos sont bonnes.

J'ai beau protester, il n'en démord pas.

– Ça ne peut pas attendre lundi ?

Je n'ai aucun mal à comprendre que c'est tout sauf pratique : pour accéder à mon bureau, je suis obligée de traverser le sien.

– Il faut que je couvre l'inauguration de la galerie d'art demain, donc je préférerais vider ma carte mémoire.

J'allie le geste à la parole et sors mon appareil.

– Rentre chez toi, Engel. Tu n'as pas des amis de ton âge avec qui tu dois aller à une fête ou une soirée ? On est vendredi, c'est la Saint-Jean, je te le rappelle, dit-il en s'approchant de moi pour mieux me reconduire vers la porte.

– Et moi je te rappelle que je travaille ce week-end.

– Oui, oui, oui. Mais ce machin d'art, là, ne commence qu'à une heure de l'après-midi. Ah, au fait, puisque tu es encore là… Tu sais où il est, le petit appareil photo ?

– Celui qu'utilise Alf ? À sa place, j'imagine. Dans le tiroir du comptoir.

Robert va vérifier, trouve le petit compact numérique, me demande s'il est possible de s'en servir pour enregistrer des vidéos.

– Euh, oui mais… La qualité ne sera pas franchement au rendez-vous. Tu vas avoir une image hyper pixelisée et tremblée. Tu en as besoin pour quoi ?

– Tu ne devais pas rentrer chez toi, Engel Winge ?

Il me pousse vers la sortie, me flanque littéralement à la porte qu'il ferme ensuite à clé. J'en suis réduite pendant quelques secondes à faire le cheval à bascule dans la cage d'escalier, puis je rejoins ma bécane en trois enjambées : Irene m'a envoyé plusieurs textos de plus en plus pressants en me demandant ce que je fabriquais. Je me jette sur la selle et enfile mon casque. En passant devant le commissariat, je constate que le véhicule de police est quelque part en patrouille. Certainement à la soirée de la Saint-Jean. Les programmes pour enfants sont terminés depuis belle lurette, l'heure est à la danse. Je pousse le moteur à un joli et très interdit 70 km/h, couchée sur le réservoir.

## chapitre 9

– C'est merveilleux que tu aies pu venir nous donner un coup de main avec ton splendide tracteur rouge !

Grand-mère babille et pétille devant Lars, qui vient d'ôter sa casquette et secoue la tête face à la sculpture de deux mètres de haut allongée parmi les myrtilliers et la végétation printanière. Kestutis, en revanche, ne montre pas un signe de fatigue, lui qui pousse et tire la figure divine, laquelle refuse de bouger d'un millimètre.

– Va falloir qu'on y fixe une corde et qu'on utilise une perche pour la soulever, dit Lars en prenant la hache dont Kestutis s'est servi pour tailler sa sculpture.

– Tu es vraiment un homme pratique, c'est formidable ! s'extasie grand-mère.

Lars abat deux jeunes bouleaux et, pendant qu'il les ébranche, marmonne que cet abruti d'artiste aurait pu choisir un autre matériau. Dans l'ouest de la Norvège, les chênes poussent si lentement que ça équivaut à tailler du minerai. Ce foutu machin sculpté pèse trois tonnes.

– Mais le chêne est un arbre si beau, si symbolique ! se récrie grand-mère. La sculpture va se conserver très longtemps.

– La hache est émoussée en plus, pff…

– Est-ce que je peux me rendre utile en quoi que ce soit ? je demande.

– Oui, dit aussitôt Lars. Tu peux aller chercher la corde dans la cabine du tracteur et l'attacher autour du pied et de la gorge de la déesse. Ensuite tu pourras nous assister pendant que l'autre Balte et moi, on la basculera sur la fourche hydraulique avec les perches.

– D'accord.

Je sors ma boîte de snus et cale une prise sous ma lèvre.

– Engel ! Je t'interdis de consommer du snus ! tonne grand-mère, la main tendue pour s'emparer de ma boîte.

– Tu comptes nous aider, ou quoi ? je lui réponds.

– Tu peux développer un cancer à cause de ça.

– Tu peux aussi développer un cancer sans ça.

Sur ce je vais chercher la corde.

Kestutis veut me donner un coup de main pour attacher la corde, mais je le pousse de mon chemin et fais moi-même le nœud. Il le regarde avec grand intérêt et tente de le reproduire pendant que je noue le second autour de la gorge de la déesse. Le visage et les cheveux sont magnifiquement restitués. Elle ressemble à grand-mère comme deux gouttes d'eau. Des inscriptions ont été gravées sur la poitrine, on dirait des runes.

– C'est Nerthus, la déesse de la fertilité du panthéon viking, indique grand-mère en effleurant les runes du bout des doigts. Elle est revenue là où elle a toujours vécu. Puisque, au cas où tu l'aurais oublié, l'île de Tysnes s'appelait le Bain de Nerthus pendant la période viking.

Et, tandis que finalement j'aide jusqu'au bout les hommes à caler la sculpture sur la fourche hydraulique, grand-mère nous divertit en nous racontant l'histoire de Nerthus, ou comment, aux temps jadis, les gens se rassemblaient sur l'île de Tysnes pour vénérer la déesse et lavaient son image dans le lac de Vevatnet qui, comme chacun sait, dit-elle, signifiait l'Eau sacrée.

– Et après, ils sacrifiaient les esclaves qui avaient nettoyé la déesse en les jetant du haut de la montagne de Flogeberget, ajoute Lars en vérifiant que la sculpture est bien calée sur la fourche.

– Alors ça, rétorque grand-mère, c'est de la falsification historique ! Il était plutôt question d'une mort symbolique dans le cadre d'un mariage rituel. L'orgasme, je te le rappelle, porte aussi le nom de « petite mort ».

La déesse a trouvé sa place sur le tracteur et, pour ma part, je n'ai plus, mais alors plus aucune envie d'écouter, pour me les être farcies des tonnes de fois, ces inepties touchées du doigt de la déesse et autres charabias sur les orgasmes. Du bout de l'index, j'extrais le sachet de snus de sous ma lèvre et annonce que je m'en vais car j'ai promis à papa d'avoir une conversation avec lui sur Skype.

– Oh, mais Engel… Tu ne veux pas assister à l'immersion de la déesse dans la mer ? me demande grand-mère.

– C'est un fjord, pas une mer, je corrige.

– Quoi ? On va balancer la déesse à la flotte ?!

– Mais oui, voyons, Lars ! Elle va y rester pour que le bois ait la patine adéquate. Et ensuite, on organisera une grande fête quand on la ressortira pour la monter à la pointe de Vågsnes. C'est là qu'elle élira domicile, afin de souhaiter la bienvenue à tous ceux qui gagnent notre région par la voie maritime.

Je secoue la tête tout en regardant Lars, comme pour lui montrer ma sympathie. N'empêche, il semble gober la logique de grand-mère. Qu'il ne soit pas, à la longue, épuisé par ses trouvailles me dépasse.

J'ai envoyé un SMS à papa et attends qu'il se connecte sur Skype. Je meuble le temps en me passant sur les ongles des pieds un vernis rouge camion de pompier que j'ai déniché dans la salle de bains. Je suis en plein peinturlurage du gros orteil lorsque papa m'appelle enfin.

– Bonjour, ma puce. Qu'est-ce que tu es en train de faire ?

Papa me salue dans la webcam.

– Me vernir les ongles des pieds.

Je lui montre le flacon de vernis.

– Parfait, dit-il.

– Oui, je crois.

J'agite mon gros orteil devant la webcam pour lui rendre son bonjour. Je l'entends rire et vois sur l'écran un sourire saccadé. Tous les mouvements le sont, en plus d'arriver avec quelques secondes de retard. Lui aussi me voit de cette manière, comme si j'étais réduite à une quantité de signaux numériques. Je ferme le bouchon du flacon que je pose à côté du clavier.

– Tu vas mieux ? me demande-t-il – et je sais qu'il parle de maman, même s'il ne prononce pas son prénom.

– Je vais très très bien, je bosse énormément. Il faut que j'aille faire un reportage sur l'inauguration d'une galerie d'art, donc je ne vais pas pouvoir rester très longtemps au téléphone.

– Ah, d'accord.

Je fais tourner le flacon du bout des doigts. Maman s'est verni les ongles jusqu'au dernier souffle. Elle en avait dans tous les tons du spectre chromatique, ou quasi. Je présume que j'ai hérité de sa collection. Si je le désire, je peux même avoir les dix ongles des pieds d'une couleur différente.

– Et qu'est-ce que tu penses de Berlin ?

Face à mon mutisme, il m'indique que, si ça ne tenait qu'à lui, il aimerait beaucoup que je vienne vivre avec lui en Allemagne.

– Tu ne crois pas que ce serait bien ? Berlin est une ville passionnante, qui bouge énormément.

Et j'ai l'impression, quand il me dit ça, d'entendre grand-mère. Car pour elle, tout est passionnant et merveilleux et fantastique, et j'en passe et des meilleures. J'ai même parfois le sentiment que ses considérations au superlatif ont empiré depuis la mort de maman. Moi je ne veux pas que les choses soient merveilleuses et fantastiques, je veux tout simplement qu'elles soient normales. Avec un regard démonstratif à ma montre, je réponds que je dois m'en aller.

– Bon. Mais il faut qu'on en reparle bientôt. L'été sera terminé avant même qu'on l'ait vu passer et il faut qu'on soit installés pour le mois d'août, explique-t-il, non sans me demander si j'ai assez d'argent.

– Yes. Là il faut vraiment que j'y aille…

– Tu es une vraie rebelle, Engel.

– C'est ça.

J'appuie sur le bouton pour éliminer papa de l'écran.

Un million d'aiguilles me piquent les poumons quand je reprends mon souffle. Je suis forcée de cligner des yeux à plusieurs reprises avant de me lever de la chaise.

On a le choix entre le champagne et le jus de pomme lors de l'inauguration de la galerie. Pour des raisons évidentes, j'opte pour la boisson sans alcool, servie qui plus est dans de vrais verres et non dans des machins en plastoc merdiques. Présents au cocktail, deux des artistes exposés dont j'ai soigneusement noté le nom et pris en photo aux côtés de la galeriste, Thelma Dahl, me déclarent que c'est un honneur pour eux de montrer leur travail à Tysnes, d'autant qu'il s'agit de leur toute première exposition. Hormis eux, il est possible d'acheter des œuvres d'artistes norvégiens connus, notamment le défunt Jakob Weidemann, ou d'autres, très réputés et toujours vivants tels que Håkon Bleken, Inger Sitter et Vebjørn Sand. Aucun n'assiste à l'inauguration, mais la galeriste souligne que Vebjørn Sand a *failli* venir. Des points rouges accolés au bas de certaines photos ou peintures informent les acheteurs potentiels qu'elles ont déjà trouvé preneur.

– Et nous avons aussi un petit bar à dégustation de cafés pour lequel mon cher Frank assure aujourd'hui le service.

Thelma me prend par l'épaule et me fait pivoter face à un comptoir où s'alignent des petits gâteaux et des cartes postales, ainsi qu'une montagne de tasses à café fantaisie et parfaitement empilées.

Bien qu'il ne soit pas en maillot de bain mais tout habillé, vêtu d'une veste et d'un foulard en soie autour du cou, je n'ai aucun mal à reconnaître le nageur d'appartement. Je lui adresse un bref signe de tête, vide mon verre et signale que je voudrais faire un tour dans la galerie, pour discuter avec les visiteurs et prendre le pouls de l'atmosphère.

– Tu veux peut-être un autre verre pendant que tu admires les œuvres ? Ou pourquoi pas un caffè latte à tomber par terre tellement il est délicieux ?

– Non, je vous remercie.

Une main serrée sur mon appareil, je me dirige vers la cimaise la plus proche, attirée par une lithographie abstraite, fort colorée, ma foi. Cinq points rouges ont trouvé leur place sur le mur, à côté du cadre, signe que de nombreuses personnes ici présentes y trouvent un intérêt.

– Et donc tu es journaliste ? La stagiaire de l'été… Je me disais bien que je te reconnaissais de l'autre jour, me dit le nageur d'appartement.

– On se connaît ? je demande, en lui adressant un coup d'œil oblique.

– Oui, c'est toi qui as pris des photos à travers la fenêtre de mon hangar à bateaux, le week-end dernier.

– Oh, je suis désolée, je ne vous avais *pas du tout* reconnu !

Il me tend une main que je serre. Il en profite pour me tirer vers lui et me susurrer quelques douces phrases à l'oreille :

– Si jamais je te revois traîner par chez nous, je te jure que tu risques de le regretter…

– Vous avez quelque chose à cacher, peut-être ?

– Disons simplement que je suis un homme farouchement attaché à une vie privée que tu menaces.

– Votre hangar à bateaux n'a rien à voir avec la vie privée. Je me suis procuré le permis de construire, et ce que vous avez construit enfreint toutes les règles du code de l'urbanisme. La même chose vaut pour la barrière qui empêche une circulation libre dans la zone littorale pourtant publique.

Je tente de me détacher de son empoignade.

– Tu imagines ce qui arriverait si tu tombais à l'eau par mégarde en glissant sur les rochers ? dit-il sans faire mine de vouloir me lâcher.

– Vous êtes devenus bons amis à ce que je vois ? nous lance Thelma en passant ses deux bras autour de nous.

– Oui. Figure-toi que j'essaie de la convaincre de goûter notre succulent caffè latte…

Le nageur d'appartement desserre enfin son poing.

– Sauf que je ne bois pas de café. Au revoir.

Je fonce vers la sortie où j'entre presque en collision frontale avec le maire, son épouse et leurs trois enfants.

## chapitre 10

Café à la main, nous sommes réunis au journal pour la conférence de rédaction du lundi matin. Compressée plus qu'assise entre Alf et Patrick dans le petit canapé, je joue avec mon bloc-notes, en équilibre sur mon genou droit. Robert est penché en avant, lui qui a opté pour le fauteuil de bureau, et lit l'ordre du jour griffonné dans son cahier posé sur la table basse.

– On a bien avancé dans la préparation du numéro de jeudi prochain. Ce sera une édition riche et variée, je pense même qu'on arrivera cette fois à un 16 pages. Engel a écrit une double page sur l'ouverture de l'hôtel et l'entrepreneur Georg Thomsen, elle a interviewé le stagiaire qui fait la saison au commissariat et elle a couvert la fête de la Saint-Jean à Uggdal.

– Ce sera plutôt un reportage photo, je précise. Ah, il y aura également un petit papier sur l'inauguration de la galerie.

– Parfait, comme ça on aura même un peu de culture. Et toi, Patrick, qu'est-ce que tu as ?

– Eh bien, en rentrant à la maison vendredi soir, j'ai croisé deux gamines qui vendaient des billets de tombola pour l'aide caritative de l'Église norvégienne. Je me suis dit que le sujet s'adaptait pas mal à *La page légère de l'été*. Sinon, l'équipe de Njardar a perdu le match qu'ils jouaient en extérieur. C'est leur cinquième défaite depuis le début de la compétition, ce qui risque de leur coûter une relégation en sixième division. J'ai pensé qu'il serait grand temps d'interviewer l'entraîneur. Enfin, l'Église évangélique baptiste démarre son camp chrétien, cette semaine à Onarheim. Il durera trois jours. C'est un événement puisqu'ils ne se sont pas rassemblés sur l'île depuis les années 1980.

Patrick ponctue son programme de réjouissances par un tout aussi réjouissant clappement de langue. C'est le septième depuis qu'il a commencé à parler. Je les ai comptés.

– On a reçu quatre billets pour le cirque qui va s'installer à Våge, indique Alf. On n'aura pas le temps de leur consacrer un reportage avant l'envoi du journal à l'impression, mais peut-être qu'une annonce vaudrait le coup ? D'autant qu'ils ont pris une pub…

– Engel, tu pourrais rédiger un petit encart ? me demande Robert. D'habitude, ils envoient un communiqué de presse et des photos. Tu n'auras qu'à t'en inspirer, quelques lignes suffiront. Je prendrai les billets pour rédiger un article plus important dans le numéro de la semaine prochaine.

– Je veux bien mais… j'ai déjà pas mal de sujets à couvrir. En plus, quand je suis allée à la fête de la Saint-Jean, j'ai discuté avec un type qui m'a raconté une histoire assez incroyable.

Après un hochement de tête, Robert prend une gorgée de café de son mug où figure la phrase *Le meilleur papa du monde*. Je lui raconte mon entretien avec Eddie Rander.

– On a déjà entendu cette histoire X fois, répond Robert en posant son mug. Eddie Rander contacte le journal à intervalles réguliers pour nous parler du mystère qui pèserait sur l'île de Solstråleøya et du livre qu'il va écrire.

– Lui affirme pourtant avoir presque trouvé quel genre d'homme était en réalité le fameux John Musgrove et pourquoi il a quitté l'Angleterre en 1889 pour s'installer sur une île paumée avec la toute jeune Ada. Rien que le palais excentrique qu'il y a fait construire semble sorti tout droit d'un conte de fées.

– Si tu daignes jeter un œil aux archives, tu constateras que nous y avons consacré plusieurs articles. L'île ressemble à une jungle, la masure de Musgrove n'existe plus et j'ai décidé qu'on ne publierait plus une ligne ni sur ce Musgrove ni sur l'île et encore moins sur cet original d'Eddie Rander, du moins pas tant qu'il n'aura pas terminé son fichu bouquin dont il nous rebat les oreilles depuis une éternité.

À ces mots, il se lève et part s'enfermer dans sa cage de verre, non sans dire :

– Téléphone, Alf.

– C'est pour toi, m'annonce celui-ci, en basculant l'appel dans mon bureau.

Je soulève le combiné, me présente et suis catapultée dans mon fauteuil par la douche froide de reproches qui se déverse de l'appareil. Victor Nilsen est très mécontent de l'article que j'ai écrit sur les poubelles, ce n'était pas du tout de cela qu'il aurait dû traiter selon lui. C'est le torchon le plus amateur qu'il lui ait jamais été donné de lire.

– Même des morpions de CM2 font mieux dans leur feuille de chou !

– À ce point-là ?

– On dirait que c'est de notre faute si le conteneur déborde…

– Après notre discussion, j'ai passé plusieurs coups de fil. Le premier à la municipalité, le second à la société chargée de la collecte des ordures ménagères. Les deux personnes à qui j'ai parlé m'ont confirmé que le problème n'est pas seulement que les usagers jettent leurs déchets encombrants dans les conteneurs, comme par exemple les débris de rénovation, mais surtout des déchets dangereux, comme la peinture ou la laine de verre. Ils ont même trouvé des vélos découpés en morceaux sur lesquels les employés peuvent s'entailler les mains.

– Mais, c'est pas ça le problème !

– Si vous êtes mécontent, rien ne vous empêche d'envoyer un droit de réponse ou d'écrire au courrier des lecteurs.

Et je raccroche avant même qu'il ait eu le temps d'ajouter quoi que ce soit. Je me lève pour aller chercher du café, vu que j'ai sur le feu une affaire autrement plus importante que les récriminations de Victor Nilsen, à savoir les clowns et les éléphants.

En sortant du bureau de Robert, je l'informe que je souhaite continuer à travailler sur l'affaire des hangars à bateaux. Après une recherche sur le Net, je me suis rendu compte que d'autres journaux avaient écrit des papiers sur un thème similaire.

– Si nous aussi on y consacre des articles, la municipalité sera forcée de prendre le taureau par les cornes. On peut faire une action importante, on peut changer les choses.

– J'ai tellement de raisons pour que tu ne fourres pas ton nez là-dedans que je ne sais même pas par laquelle commencer. Mais, premièrement, tu n'as en ta possession aucun élément concret que nous puissions imprimer, déclare-t-il en soupirant dans son mug de café.

– Mais si je rassemble des preuves, si je trouve des éléments qu'on pourra imprimer ?

– Non.

Son portable se met à diffuser la musique de James Bond. Il regarde son téléphone avant de refuser l'appel.

– Tu peux aller chercher du café mais tu arrêtes d'importuner les gens. Tu donnes au journal une mauvaise réputation, tu comprends ?

Il me tend sa tasse.

Alf et moi, dans la salle de repas, fixons la cafetière comme des possédés. Le mug de Robert posé sur la table semble n'avoir jamais connu la fréquentation d'une éponge.

– Est-ce que je devrais laver sa tasse ?

– T'es folle ?! T'as pas remarqué qu'elle ne supporte pas le lavage ?

– C'est dègue…

– Ça, c'est rien de le dire… Mais ça vaut le coup de le remarquer.

– C'est-à-dire ?

– Tu découvres toujours un petit truc chez les gens. Ils ont beau être propres sur eux et tirés à quatre épingles, ils vont quand même se dévoiler par un tout petit détail. Des ongles rongés, un clappement de la langue énervant ou une tasse qui n'est jamais lavée.

– Ce qui signifie ?

– Ça n'a pas besoin de signifier quelque chose, mais ça *peut* signifier quelque chose.

Il se lève pour remplir les tasses. Je prends la mienne et celle du rédacteur en chef, puis je demande à Alf ce qu'il ferait dans une situation comme la mienne. Est-ce qu'il arrêterait de travailler sur le dossier s'il savait qu'il a raison ?

– Tu sais, j'ai une peur panique des conflits. Donc la question est plutôt de savoir ce que toi *tu* feras. Est-ce que tu es aussi lâche que les autres ou est-ce que tu es différente ? me demande-t-il, les yeux dans les yeux.

– Je ferais mieux d'aller servir son café à notre 007.

– Toi aussi tu as remarqué sa sonnerie de portable ? rit Alf.

– Je me demande lequel des James Bond il préfère…

– La réponse est toute trouvée : Sean Connery. On en a parlé un jour, au déjeuner. Robert aime Sean Connery et Patrick Roger Moore.

– Et toi ?

– George Lazenby.

Il s'appuie sur le dossier de chaise, mains contre la nuque.

– George Lazenby ?! Mais personne ne le cite jamais !

– Ouais, n'empêche qu'il était assez génial en James Bond. Et toi ?

– Mads Mikkelsen dans le rôle du Chiffre, je réponds – et je m'en vais.

## chapitre 11

– Allez, viens, Engel… Tu sais que t'es sexe ?

Voilà ce que me dit Tommy. À moins que ce soit Tony, son petit nom ? Ou Tom ? Là, tout de suite, j'ai un peu la mémoire qui flanche, mais lui a la main qui ne flanche pas. Puisque je sais où il l'a mise. Je le sais et je la sens et c'est une sensation pas désagréable, ma foi. Ce qui s'appelle pas désagréable du tout. D'autant qu'il a des doigts aussi agiles que rapides.

– Non, pas sans capote. C'est avec ou c'est rien.

Je le force à s'asseoir sur l'abattant des chiottes. Il a le pantalon au niveau des genoux, et un simple coup d'œil à son boxer-short me prouve qu'un gros oiseau ne demande qu'à sortir. Je me penche pour libérer la bête de sa captivité. Laquelle me répond par un salut au garde-à-vous en guise de remerciement.

– Suce-moi, alors…, m'implore-t-il, avec un regard qui sonne le glas de nos petites affaires potentielles.

– Dans tes rêves !

Et je le plante là.

J'offre mon plus beau sourire aux filles qui attendent d'entrer, en m'essuyant comme s'il me restait quelque chose au coin de la bouche.

– Désolée que ça ait pris autant de temps, il fallait juste que je dégueule.

Je me faufile entre elles et, à entendre le cri de torpeur du pauvre chouchou et le cri de stupeur de ces demoiselles, je suppose qu'il a été surpris avec son pantalon baissé en beauté. Qui sait si l'une des filles ne va pas se sacrifier pour le sucer sous prétexte qu'elle a pitié de lui ? De retour dans la boîte de nuit, les corps moites vibrent les uns contre les autres et tentent de caler leurs mouvements sur la ligne de basse. Moi qui prétextais il y a une seconde avoir vomi, je sens que mon mensonge n'est en fait plus très loin de la vérité. Je me fraie un passage parmi les danseurs, en quête d'Irene et du reste de la troupe. Mais c'est tellement noir de monde ici. Les dos et les coudes qui ne cessent de me heurter me donnent des sueurs froides et des coups de chaud à la fois. Ça ne fait plus de doute : je *dois* vomir. J'essaie d'aligner deux pensées cohérentes dans la bouillie qui me fait office de cerveau. J'aperçois Tom, Tony, ou Tommy truc bidule machin chose, sortir des toilettes avec tout sauf un sourire imprimé sur les lèvres, tandis qu'il serre son ceinturon. Au vu de quoi je tire deux conclusions : primo, il n'a pas eu la fellation qu'il réclamait à cor et à cri ; secundo, je ferais mieux de disparaître le plus vite possible de son champ de vision. Jetant un coup d'œil derrière moi, je constate que le passage par le bar est bloqué par un noyau de gens. Au moment où je veux rebrousser chemin en direction des toilettes, mon regard se pose sur une poignée de porte. J'appuie dessus, je me glisse dans l'entrebâillement.

– Oh… !

Quelqu'un a trouvé l'accès secret avant moi. Assise sur l'escalier qui descend au restaurant, une fille enfreint la loi antitabac. Je m'excuse auprès d'elle, me penche pour ramasser quelque chose qui traîne sur une marche. Une photo. D'un petit garçon. De grands yeux sombres. Un sourire avec une dent de devant en moins. Je regarde le visage de la fille. De grands yeux sombres. Sans la moindre étincelle de vie. Humides et rouges. Je lui caresse le dos. Ce qui déclenche chez elle un frisson. Je lui demande gentiment si c'est son fils. Elle me répond que oui. Renifle. Je sens une nouvelle nausée monter en moi. C'est elle à présent qui me caresse le dos. Me dit des petits mots gentils. Je sens ses bras qui m'enlacent et me guident au bas des marches. Elle ouvre une porte, nous sommes dehors. J'inspire l'air frais à pleins poumons. Pose les mains sur mes genoux. La porte derrière moi est toujours ouverte. La fille s'y tient encore. Je prends conscience que nous n'avons pas parlé norvégien.

– Tu es russe ?

– Va-t'en maintenant.

Je vois qu'elle est plus vieille que de prime abord. Elle claque la porte derrière elle. Je suis prise d'un vertige. Je baisse les yeux sur mes genoux, sur les mains qui reposent dessus. J'ai quelque chose entre les doigts. La photo d'un petit garçon. Je me redresse et file à la porte. Je frappe, essaie de l'ouvrir, mais elle est fermée de l'intérieur. Je regarde la photo. Le garçon doit avoir six ou sept ans. On peut s'imaginer qu'il est à l'école. Toujours est-il qu'il y a un tableau noir derrière lui. Sur lequel est écrit son prénom, en lettres enfantines. Même si j'ai quitté Moscou avec maman à l'âge de neuf ans, j'ai appris suffisamment bien l'alphabet cyrillique pour lire le nom. J'essaie de me remettre les idées en place – un échec. Je fourre la photo dans la poche de poitrine de ma veste en jean.

Je titube le long du mur de l'hôtel. Je remarque que l'arrière du bâtiment est toujours marron après un passage au brou de noix et non ripoliné comme le reste. J'essaie d'arracher une écharde d'une table en bois. Elle part sans difficulté. Qu'est-ce qu'a dit Alf ? Qu'on découvre toujours un petit détail chez les gens, un détail qui révèle qui ils sont en réalité. Je range l'écharde dans ma poche comme s'il s'agissait d'une preuve. Tout en me coulant dans les fougères qui poussent jusque contre le mur, je sens un léger mieux dans mon crâne. Des voix toutes proches me poussent à suspendre mon pas et à me coller contre le mur.

– Putain, Tony, c'est trop bonnard pour être vrai.

– C'est le meilleur job d'été que tu puisses trouver. Et crois-moi, avec ça, tu vas pouvoir baiser comme un champion du monde toute la nuit, répond le Tony en question.

– Et les gonzesses ?

– Rien qu'un ramassis de chaudasses, Remi. Et c'est pour ça qu'on a besoin de nous. Elles sont accro à la bite ! précise Tony en partant dans un grand éclat de rire.

Je les entends partir. Je reconnais le crâne rasé de Tony, le neveu de Barack Athomique. Qui ne s'appelle donc ni Tom ni Tommy. Il porte un simili-bomber où figure dans le dos l'inscription sécurité. Tout comme le type prénommé Remi, un poil moins veau aux hormones mais nanti d'une queue-de-cheval. J'ai du mal à comprendre que leur boulot de videur leur fournisse autant de nanas sur un plateau d'argent au point qu'ils doivent s'aider de pilules bleues pour maintenir leur macaroni en état de fonctionnement permanent.

Sur le ponton, devant l'hôtel, les bateaux de plaisance ondulent en rythme avec la musique qui filtre du Labyrinthe.

– Tiens, mais qui va là… ? Ce ne serait pas l'ange du journal par hasard ? Je ne sais pas comment te remercier pour l'article sensationnel que tu as écrit. Ça a attiré du monde comme jamais : la boîte est pleine à craquer et l'ambiance au restaurant est au top.

La voix derrière moi a le don de me faire bouillir intérieurement. Il sait très bien que j'ai essayé de le coincer, et il sait tout aussi bien qu'il a réussi à s'en sortir sans la moindre égratignure. Il n'a eu qu'à décrocher son téléphone.

– Vous avez beaucoup de chance d'avoir le rédacteur en chef dans votre poche. Comment vous vous êtes débrouillé ? je demande, sans me retourner vers le pachyderme à poils.

– Il est ici ce soir, figure-toi. Au restaurant, où il passe une merveilleuse soirée, répond Barack Athomique.

Je fouille du regard les bateaux accostés au débarcadère où j'aperçois le *White Shark*.

– Steven Smørdal est là aussi à ce que je vois. Comme c'est mignon…

– Que veux-tu, le maire et le rédacteur en chef sont très *proches*. C'est étonnant, les liens qu'on peut avoir avec les gens dans des petits endroits comme les nôtres.

Les poils dans ma nuque se dressent. J'entends la voix de Barack Athomique se rapprocher et ses pas marteler le ponton en bois. Je me tourne vers lui.

– Je sais pourquoi vous teniez absolument à supprimer le passage de l'article sur le hangar à bateaux. Je me suis procuré le permis de construire aux archives, et l'aménagement de l'appartement à l'étage est complètement illégal. En plus, et comme vous n'êtes pas sans vous en douter, il s'agit d'une zone littorale strictement réglementée, toute proche d'une réserve naturelle pour les oiseaux de mer.

– Rien ne t'empêche de le dire, répond Barack Athomique d'une voix enjouée en remontant son pantalon clair jusqu'à la taille.

– Mais j'ai plus que ce bout de papier. J'ai aussi un témoin qui peut confirmer que vous avez pris vos aises avec la loi. Parce que, à quoi peuvent servir une cuisine et des chiottes dans un hangar à bateaux ?

– Tu sais à qui tu me fais penser quand tu grognes comme ça ? À un cocker. J'avais une petite chienne autrefois, elle était comme toi, gentille comme tout...

Il sourit et tend son poing pour me caresser derrière l'oreille comme si j'étais une... oui, « sa chienne ». J'envoie ses doigts balader, recule d'un pas et sors l'écharde que j'ai arrachée tout à l'heure.

– Et vous voyez, ça ? C'est du bois pourri.

J'écrase l'écharde entre mes doigts.

– Une planche pourrie comme vous. Je n'aime pas les types de votre espèce, qui prennent leurs aises avec la loi comme avec les gens. Qui croient qu'ils peuvent agir à leur guise sous prétexte qu'ils sont pétés de thunes. Je vais vous coller au cul et ne pas vous lâcher, vous pouvez me faire confiance !

– Tu ne devrais pas boire autant, à ton âge. En plus, je ne veux pas de gamines soûles qui font les folles autour de mon hôtel. Tu imagines ce qui se passerait si tu glissais et que tu tombais dans l'eau ? Si ça se trouve, il n'y aurait personne, à commencer d'ailleurs par moi, pour te sauver de cette mauvaise passe...

Il s'approche à nouveau de moi. Et il est si près, cette fois, que je sens ses lèvres susurrer contre mon oreille. Il pose une main sur mon épaule qu'il entreprend de masser.

– Vous me menacez maintenant ?

– Non, c'est toi qui me menaces.

Là-dessus il me lâche. Il extrait un étui de sa poche et en sort une cigarette. Il fait un pas en arrière, rit, cogne la clope contre l'étui. Je vois le bellâtre descendre les marches de la terrasse.

– Eh, Steven ! Viens donc saluer la stagiaire qui bosse au journal pour l'été. Une fille très éveillée, et très ambitieuse.

– C'est ça : salut ! Faut que je file.

Je me façonne un sourire et prends la direction du parking.

– Au fait, si jamais tu voulais te reconvertir, j'ai peut-être un job pour toi. Je connais un poste qui t'irait à merveille ! me crie Barack Athomique.

J'entends le petit requin barbu se fendre d'un rire étouffé.

## chapitre 12

Ce que je dégobille produit une sonorité sublime au contact du capot du coupé sport gris métallisé.

– Engel Winge…

Rien qu'à sa façon de chanter mon nom, et donc à son accent, on entend qu'il vient de Trondheim. Je parie qu'il est le seul à habiter notre région qui soit originaire de là-bas.

– Tu veux bien me tenir les cheveux, s'il te plaît ?

Je sens certes qu'il fait ce que je lui demande, mais aussi qu'il empoigne fermement mon bras pour m'éloigner de la voiture. Il se prend au passage du vomi sur ses chaussures.

– Oups… Je l'ai pas fait exprès, Ole.

Il me lâche. Je m'essuie la bouche sur ma manche. Et lève les yeux sur lui. Il est campé devant moi, bras croisés sur le torse, mains sous les aisselles. Une boule se dessine sous sa lèvre, signe qu'une prise de snus y a trouvé sa place.

– Ce n'était pas très charmant, dit-il.

– Oui, je sais dans le mot *affliction*, il y a le mot…

– *Flic*, très drôle. N'aggrave pas ton cas par une insulte à agent, Engel Winge.

– Tu peux peut-être fermer les yeux et… ?

– Et quoi ? Je peux surtout te raccompagner chez toi.

Il fait un pas vers moi.

– Mais d'abord, tu ferais mieux d'essuyer tes chaussures. Deux secondes, je cours chercher du papier.

Je me retourne pour prendre la direction de l'hôtel, mais un bras plaqué sur mon épaule me stoppe dans mon élan.

– C'est finement joué. Je te ramène chez toi.

– Oh nan… C'est de l'autre côté de l'île. Je t'assure, Ole, je peux rentrer chez moi toute seule. Et puis il faut que tu restes ici pour veiller à ce que personne ne fasse de bêtises, je me trompe ?

– Et comment tu comptes rentrer chez toi ? Pas en conduisant ta moto, j'espère ?

En me posant cette question, il vrille ses iris bleus dans mes yeux.

– Qu'est-ce qui te fait croire que je pourrais songer à une ânerie pareille ?

La discussion est interrompue par une fille qui court vers nous en hurlant qu'il faut appeler une ambulance. Je me dis que le moment est idéal pour décamper, mais le poing d'Ole serre un peu plus fort mon bras. Il précise que je vais l'accompagner. Et ajoute que si mon intention était de filer à l'anglaise, je peux faire une croix dessus : il est loin d'en avoir fini avec moi. À la réflexion, je dois avouer que je suis assez curieuse de savoir ce qui nous vaut ce ramdam, donc j'emboîte le pas d'Ole sans me faire prier. Sa collègue se trouve déjà à la porte d'entrée de la discothèque, agenouillée à côté de celui que je reconnais comme étant Remi, le physio. La main sur le cœur, il gémit. La seconde d'après il se recroqueville en écarquillant les yeux avec une mine désemparée. La policière essaie de le calmer. Comme j'ai suivi Ole, je suis aux premières loges : de l'autre côté, Tony ne quitte pas son camarade des yeux, les bras écartés pour dissuader les curieux de s'approcher.

– Circulez, y a rien à voir ! crie-t-il – en vain.

– Qu'est-ce qui lui arrive ? je demande à Irene qui s'est frayé un chemin dans la foule pour me rejoindre.

– J'en sais rien. Mais Joppe m'a parlé d'une drogue, ne me demande pas laquelle, que les videurs expérimenteraient pour leur permettre d'assurer encore plus sexuellement. Un truc qu'ils auraient chopé dans les films porno, chuchote-t-elle.

– Ils sont malades…

La foule se divise au moment où les ambulanciers déboulent au pas de course, munis d'un brancard. La doctoresse les suit au même rythme, une mallette à la main. Elle s'assied à côté de Remi qui ne bouge plus du tout. Il bave, de la mousse lui sort de la bouche. Elle doit renoncer à vouloir tirer quoi que ce soit de lui. Tout en ouvrant sa mallette, elle s'adresse à l'agent à voix basse puis demande à Ole d'éloigner les gens. La dernière image que j'aperçois, ce sont deux mains qui déchirent le tee-shirt de Remi.

## chapitre 13

La voiture avance au pas le long de la route sinueuse. Je n'ai plus envie de vomir. Mon ventre gronde légèrement. Je jette un coup d'œil en coin sur la gauche pour vérifier si Ole l'a entendu. Il soupire, tourne la tête vers moi, me demande si je suis entrée dans la boîte de nuit.

– T'es dingue ? J'ai pas l'âge ! je réponds, les yeux collés au pare-brise.

– Engel…

J'adore sa manière de prononcer mon prénom.

– OK…

– OK quoi ?

– OK, j'y suis entrée.

– Comment tu as réussi ton coup ?

– J'ai sucé le videur.

– Engel…

– Il ne m'a pas demandé de pièce d'identité.

– Et tu as pu acheter de l'alcool, aussi ?

– Bien sûr, tiens ! dis-je, en regardant par la vitre.

Même si je n'ai pas eu le temps de le faire, j'aurais très bien pu. Ole me dit qu'ils auraient intérêt à être un peu plus vigilants au Labyrinthe. Ça ne peut pas continuer comme ça. Il y a une loi et des règlements. Je lui demande ce qui est arrivé au videur.

– Visiblement, quelqu'un lui a donné une bouteille d'eau suspecte.

– C'est ça, ouais…

– Tu as entendu une autre version ?

– Je suis journaliste. Tu crois que quelqu'un a envie de me raconter quelque chose ?

Le silence s'installe pendant deux virages. Ole me demande ensuite si c'est la BMW de Georg Thomsen sur laquelle j'ai vomi.

– Parce que c'était une BMW ? je réplique.

– Qu'est-ce que tu as contre Georg Thomsen ?

– C'était un accident.

– C'était du saccage. Et tu as de la chance que je ferme les yeux et que je te laisse t'en tirer avec un avertissement.

– Tu veux que je te dise merci, peut-être ?

– Et quand tu ne seras plus sous l'emprise de l'alcool demain matin, tu veilleras à rebrider ton pot d'échappement.

– Parce que j'ai l'air de savoir comment on bricole une 50 $cm^3$ ?

– Tu préfères que je m'en charge et que je constate que tu l'as débridée ?

Il me pose la question avec un regard oblique, sans que je comprenne pourquoi je trouve ses yeux si beaux.

– D'accord, d'accord… Je vais demander à quelqu'un de le faire.

Ole, décidément un vrai moulin à paroles ce soir, me dit qu'il va être forcé d'avoir une petite conversation avec mes parents quand on sera arrivés.

– Eh ben, bon courage !

– Pourquoi bon courage ? veut-il savoir.

– Maman est morte et papa est à Tokyo.

– Tu vis seule ?

– Euh… c'est tout comme…

– Et c'est qui, les deux personnes assises sur le perron, là-bas ?

– Je te présente ma grand-mère maternelle et un ami à elle, artiste de profession.

Je me rends compte qu'ils sont d'ailleurs soudain très pressés d'éteindre la clope qu'ils fument. Après avoir resserré les pans de son peignoir, grand-mère s'avance pieds nus et souriante vers le véhicule de police. Ole me lance un petit coup d'œil ainsi qu'un sourire encourageant avant de descendre. Je défais la ceinture de sécurité et le vois aller au-devant de grand-mère. Ils échangent une poignée de main. Il jette un œil par-dessus son épaule, dans ma direction, et me signale par la même occasion qu'il n'est pas dupe du tout du genre de cigarette sur laquelle tiraient à l'instant grand-mère et Kestutis. Je hausse vaguement les épaules en guise de réponse et sors dans la nuit au parfum suave et corsé.

## chapitre 14

– Regarde.

Je suis accueillie à la table du petit déjeuner par grand-mère qui tend une carte du tarot de Marseille. Il s'agit de l'Empereur, et je sens immédiatement que j'ai zéro envie de connaître l'interprétation.

– Il reste du jus d'orange ?

– Dans le réfrigérateur. Pourquoi tu as ramené ce garçon à la maison hier soir ? demande-t-elle en battant les cartes.

– Ce n'est pas vraiment moi qui l'ai ramené à la maison. Mais plutôt lui qui m'a ramenée. Tu as peur qu'il ait senti que vous fumiez de l'herbe ?

Je désigne d'un hochement du menton un Kestutis occupé à dessiner dans la marge du journal.

– Tu sais ce que signifie la carte de l'Empereur ?

– Non.

Je bois à même la brique de jus d'orange, rien que pour agacer grand-mère.

– La figure représente un homme qui désire trouver une hiérarchie au sommet de laquelle il pourra se hisser, qui aime avoir le contrôle sur autrui et n'est pas en contact avec ses sentiments. C'est un homme de ce genre que tu souhaites conquérir, Engel ?

– Grand-mère. Il ne m'a pas ramenée à la maison parce qu'il m'aime bien, mais parce que j'étais soûle et qu'il m'a prise en flagrant délit alors que je dégobillais sur la bagnole de cet escroc qui a racheté l'hôtel.

Je remets le jus d'orange dans le frigo.

– Tu étais ivre hier soir, Engel ?

– Oui, ça t'étonne ?

Elle pose ses cartes de tarot.

– Je te sers exprès de temps en temps un verre de vin rouge et, malgré ça, tout ce que tu trouves à faire, c'est non seulement de t'enivrer mais en plus de vomir ?

– Eh oui, que veux-tu... Bienvenue sur Terre !

– Dans ce cas il faut qu'on ait une petite discussion. Kestutis, *darling, could be so kind and go out in the garden ? I'll be right with you.*

Elle lui caresse le bras, il se lève, dépose un baiser sur le front de grand-mère et s'en va. Je la vois l'observer tandis qu'il traverse la cuisine, le regard plaqué sur ses fesses.

– C'est à cause de la mort d'Unn ?

Et c'est à présent mon bras qu'elle caresse. Mais, comme je ne suis pas aussi facile à enjôler que les artistes lituaniens, je ramène mon bras vers moi, m'appuie contre le dossier de chaise et secoue la tête.

– C'est quoi alors ? insiste-t-elle.

– Les oiseaux de mer.

– Les oiseaux de mer ?

– Tu te souviens de cette double page que j'ai écrite, ce papier répugnant qui est paru dans le journal de jeudi dernier ?

– Je me souviens surtout que tu n'étais pas de très bonne humeur, ma puce.

– Georg Thomsen, ou Barack Athomique comme on l'appelle, possède un chalet en face du parc ornithologique. Je le soupçonne depuis assez longtemps, lui et d'autres gros bonnets du bâtiment de Gåsevik, d'avoir pris leurs aises avec la loi et transformé leurs hangars à bateaux en bungalows. C'est pour ça, d'ailleurs, après l'avoir suivi comme un petit chien dans son hôtel, que je lui ai demandé si on ne pouvait pas plutôt continuer l'interview à son chalet. J'ai tout de suite vu que l'ancien hangar à bateaux qui, manque de pot, a brûlé l'hiver dernier avait été reconstruit, et n'importe comment.

– Eh ben, dis donc…, fait grand-mère en prenant une gorgée de thé.

Je lui raconte que, bien que je me sois procuré le permis de construire à la mairie, qui atteste effectivement que Barack Athomique n'avait pas le droit de construire autre chose qu'un hangar à bateaux traditionnel, il a réussi, par un simple coup de fil au rédacteur en chef, à ce que l'information ne figure pas dans l'article. Voilà pourquoi j'étais un peu frustrée hier, et la raison pour laquelle j'ai eu le malheur de vomir sur sa voiture de sport.

– Oui, je comprends, Engel. Je trouve ça merveilleux que tu prennes fait et cause pour ceux qui ne sont pas en mesure de se défendre eux-mêmes et que tu te battes pour y arriver. On va trouver un moyen pour que les gros bonnets du bâtiment fichent la paix aux oiseaux de mer. Je pourrais demander à Lars de me prêter son bateau. Je t'y conduirai, tu prendras ton appareil photo et on rassemblera des preuves contre eux...

– Mais ce n'est pas aussi simple que ça, grand-mère...

Je lui explique que j'ai déjà des photos de certains des hangars à bateaux mais que je n'ai pas la permission de les publier sous prétexte que le rédacteur en chef estime qu'elles ont été prises dans des circonstances douteuses. En plus, j'ai reçu des menaces du nageur d'appartement qui m'a promis un bain de mer définitif si jamais je remettais les pieds sur la propriété. Grand-mère cogne le tas de cartes contre la table et me répond que je dois alerter la police.

– Depuis quand tu fais confiance aux forces de l'ordre, toi ? je lui demande – et j'ajoute que je dois démêler seule cette affaire.

– Promets-moi d'être prudente, Engel.

Elle se lève pour venir me caresser les cheveux. Quand elle demande si je veux qu'elle me prépare un thé, puisque selon elle il n'y a rien de tel les lendemains de cuite, je lui réponds que j'ai plutôt envie d'un Coca. Elle rit, m'ébouriffe les cheveux. Et me rappelle que, dans cette maison, on ne boit pas ce genre de tord-boyaux capitaliste.

Ma veste en jean qui traîne au milieu du couloir ressemble à une vieille nippe oubliée. Je la ramasse et la porte à mes narines. Elle dégage des relents de bière et de vomi. Je vérifie le contenu des poches tout en me dirigeant vers la buanderie pour la laver et constate la présence d'une photo dans la poche de poitrine : un petit garçon, le sourire jusqu'aux oreilles et une dent de devant en moins. Putain, merde ! Il y a eu ça aussi… Je plonge la veste dans le tambour, mets de la poudre et appuie sur le bouton. Je sais que grand-mère serait folle si elle apprenait que je fais tourner la machine pour une seule fringue, mais je n'ai pas le choix, il me faut ma veste propre pour demain. J'emporte la photo dans ma chambre et décide d'énumérer ce qui m'est arrivé la semaine dernière, pour en avoir une meilleure vue d'ensemble. Je retourne mon sac où, tout au fond, j'extrais le bloc-notes. De l'autre main, j'allume l'ordinateur. Je vois à l'horloge qu'il est bientôt l'heure du chat avec papa.

Et donc je liste :

*Barack Athomique – menaçant – sûr de lui*

*L'hôtel de Godøysund transformé en centre de wellness et de conférences*

*Les hangars à bateaux, en fait des bungalows*

*Le parc ornithologique*

*Le nageur d'appartement – menaçant – nerveux, inquiet ?*

*Le plombier – nerveux ET inquiet – alcoolique*

*La fille – inconnue – Russe – en pleurs – la photo de son fils*

*Les videurs Remi et Tony – dopés – défoncés – le « boulot de rêve » ? – est-ce qu'ils ont parlé d'autre chose que de ça ?*

*Remi qui fait un malaise – une « drogue sexuelle »*

*Des filles excitées ? Des clients particuliers à la boîte de nuit ?*

Il n'y a absolument aucun lien, aucune cohérence entre les mots-clés que j'ai notés. Je trace des traits entre chaque élément qui, tous, me ramènent au nom inscrit en haut de la liste. En bas, j'ajoute Robert Nes, le rédacteur en chef et mon chef au quotidien, ainsi que son demi-frère, Steven Smørdal, le maire aux allures de bellâtre, sans pour autant que j'y voie davantage de sens. Robert semblait lui aussi nerveux, sous pression. Est-ce uniquement à cause des recettes générées par les pubs qu'il a peur de Barack Athomique ? Pourquoi Smørdal est-il venu voir Robert à la rédaction, un soir, en veillant à ce que la lumière ne soit pas allumée ?

Un pling sur Skype m'indique que papa veut me parler. J'accepte la conversation et éloigne mon bloc-notes. Il me demande comment je vais, exhibe le journal qu'il a reçu par la poste, me dit qu'il a lu l'interview que j'ai réalisée.

– Tu es jolie sur la petite photo, mais je trouve ta coloration noire un peu… inhabituelle…

– Les goûts et les couleurs, comme dirait Mme Machin…

– Pardon ?

– Non, c'est chouette d'essayer autre chose de temps en temps.

Je me penche sur le micro pour qu'il m'entende mieux.

– Tu devrais peut-être utiliser le microcasque pendant la conversation, non ? propose-t-il.

– Sauf que je le trouve pas.

– Et qu'est-ce que tu as fait depuis la dernière fois ?

– Bossé.

Je jette un œil vers mon bloc.

– La vie ne se résume pas au travail, ma puce.

– C'est toi qui dis ça ?!

J'espère surtout qu'il ne va pas me parler de Berlin. Je me suis à peine fait cette remarque que, bingo, il embraye là-dessus. Il me demande si j'ai réfléchi à sa proposition de vivre ensemble à Berlin à partir de la rentrée. Je lui réponds que je ne suis pas du tout certaine d'avoir envie d'aller m'installer là-bas : je ne peux décemment pas laisser grand-mère toute seule. D'autant plus avec la ferme et les moutons actuellement en estive à la montagne qu'il va falloir redescendre. Grand-mère a prévu d'autres formations et puis… c'est l'année de la terminale et je veux la passer dans un lycée norvégien, avec toutes les fêtes qui vont avec et que, jusqu'à preuve du contraire, on ne trouvera pas en Allemagne.

– Mais Berlin a tellement d'autres choses à offrir. C'est la ville la plus branchée actuellement ! Et puis on pourra passer un peu de temps ensemble. Toi et moi. Qu'est-ce que tu en dis ?

– Tu ramènes Hiroshi en Europe ?

– Non, il reste ici. Il va se marier.

Je ne réponds rien, préférant laisser papa se reprendre pendant un silence. Et, de fait, il me raconte qu'Hiroshi va se marier avec une femme. Une femme qu'il connaît depuis son enfance. Papa éclate de rire, mais ce gloussement ressemble davantage à un hoquet.

– Si quelqu'un peut le comprendre c'est toi quand même, non ? je demande.

– A priori, oui…

Il se fend d'un second gloussement plus proche du hoquet que du rire. Je comprends alors que mon bien-être en ce bas monde n'explique pas à lui seul la raison de sa fuite à Berlin.

– Peut-être qu'il va en ressortir quelque chose de bien… ? je suggère.

– J'ai vu des photos de notre appartement à Berlin. Tu vas avoir une grande et belle chambre pour toi toute seule, Engel.

– Je ne suis pas sûre… Et puis j'ai déjà une chambre. Avec une vue magnifique sur les plateaux de Folgefonna, tu sais…

– Berlin est tout de même autrement plus passionnant que Tysnes, Engel, voyons ! Pense à tout ce qui se passe dans une capitale comme Berlin. Et compare avec ce qui se passe dans un bled comme Tysnes. Tu as quoi à Tysnes ? Rien.

Je ne réponds pas. On se regarde un long moment, muets. Et aujourd'hui encore, je me dis que tout ce que je vois se résume à une succession de zéro et de un. Papa me redit quelque chose, mais je ne l'entends pas. Dans mes oreilles et mon cerveau, il n'y a que des zéros et des uns. Zérozérounzérozérounununzéro-zérozérounununununzérozérozérozérozéro.

## chapitre 15

– Alors, c'était comment à Godøysund ce week-end ?

La conférence de rédaction vient de se terminer, mon bloc-notes est noirci de sujets plus dénués d'intérêt les uns que les autres, mon idée d'un papier sur le parc ornithologique appartient davantage aux fantasmes qu'à la réalité. Je viens de me lever de ma chaise et, sitôt que je lui ai posé la question, Robert vire au rouge pivoine :

– Très bien, merci.

Il me demande alors de le suivre dans son bureau. Alf m'envoie un regard complice couplé d'un haussement de sourcils. Patrick redresse la tête de son cahier avec la mine désorientée de celui qui n'en revient toujours pas : il vient de décrocher la timbale après avoir proposé un article sur deux élèves de l'école biblique qui rentrent juste d'un projet missionnaire au Guatemala. Et on va y consacrer une pleine page ! Ce mec me donne la nausée. Depuis que je bosse ici, on a dû échanger quinze mots, maxi. Je vois son dos légèrement voûté et son demi-sourire qui s'étale sur des lèvres molles et lui donne un air de larve amorphe. Il ravale son rictus d'un clappement de langue, remonte au sommet du nez ses lunettes sans monture, fait glisser une main sur sa joue balafrée. Sa croix de grenouille de bénitier reluit sur un tee-shirt dont le col est si serré et vertueux qu'il l'étouffe presque.

Je suis tirée de mes pensées quand j'entends Robert prononcer mon prénom. Je lui emboîte le pas en direction de sa cage de verre. Il me tient la porte qu'il referme sans bruit mais avec vigueur avant d'aller s'asseoir derrière son bureau. Il pose les coudes sur la table, forme une petite pyramide avec ses doigts, pince les lèvres et pose son regard sur moi. Je réponds à son geste en cassant la hanche et en fourrant une main dans la poche de mon short.

– Tu me déçois énormément, Engel.

– Ah ?

– Oui. Je croyais qu'on était d'accord et que tu laisserais Georg Thomsen tranquille.

– Ouiii… ?

– Il m'a raconté que tu lui avais hurlé dessus, que tu allais lui coller au cul et ne pas le lâcher… Ce sont bien tes mots, n'est-ce pas ?

Il démolit sa pyramide de doigts et fait retomber lourdement ses mains sur le tapis de bureau. Je ne réponds pas. Mais je sens que je dois redoubler de concentration pour ne pas me départir de mon attitude faussement décontractée.

– Tu vas arrêter ta chasse aux sorcières *séance tenante*, Engel !

Le voyant poser à présent ses mains bien à plat sur la table, je m'interroge un bref instant sur l'origine de cette chorégraphie toute manuelle.

– Je ne fais pas de chasse aux sorcières, j'essaie juste de découvrir la vérité. Ce n'est pas le travail que les journalistes sont censés mener, peut-être ? je lui demande, bras écartés.

– Quelle vérité, Engel ?

– Quoi qu'il en dise, son hangar à bateaux a été construit au mépris de toutes les règles du bâti dans cette zone protégée, face à la réserve naturelle et…

– Je ne veux plus entendre un mot au sujet de ce hangar à bateaux. Quand je l'ai interrogé là-dessus, Thomsen m'a assuré qu'il devait remplir une dernière petite formalité et que tout serait aux normes.

Il lève alors son corps en forme de pouf, un mouvement que je mets à profit pour moi-même lui tourner le dos. Au moment où j'ouvre la porte, je manque de m'écraser contre Patrick. De ma voix la plus désagréable, je lui siffle à voix basse que c'est son tour cette semaine d'acheter le déjeuner collectif. Sa figure de méduse tremble une seconde avant qu'il ne rampe à l'intérieur du bureau du rédacteur en chef. Je pivote sur mes talons, passe devant la table de Robert, ferme la porte derrière et moi et décide que, aujourd'hui, je ne vais pas en foutre une ramée, si ce n'est pour faire des réussites sur l'ordinateur.

À la cinquième tentative de réussite ratée, je suis forcée de me rendre à cette double évidence : c'est non seulement un plantage en beauté mais, en plus, quand on joue sur un ordinateur, on ne peut pas tricher. Fait chier ! J'utilise mon portable perso pour appeler le directeur du service de l'urbanisme. Il est en vacances. Sylvia, la femme récemment battue de la Bonde d'Évacuation, refuse de me communiquer son numéro de mobile. Je raccroche. Il ne me faut guère que trente secondes pour trouver le numéro de portable et de fixe attribués à Reidar Vaage, résidant à Uggdal, au 3 Saubakkane. Je décide d'essayer le mobile en premier et, pendant que j'attends qu'il daigne répondre, je commence une nouvelle réussite. Il décroche à la troisième sonnerie. Je me présente, lui indique que je travaille actuellement sur une affaire pour laquelle j'aimerais un commentaire. Il me demande si ça ne peut pas attendre son retour de vacances.

– C'est juste un tout petit commentaire. Vous avez bien deux secondes à m'accorder ?

– Oui, bon. Dites-moi de quoi il s'agit.

Je lui explique que je vérifie des informations dans le cadre d'une affaire concernant des hangars à bateaux qui seraient peut-être plutôt des bungalows, construits dans une zone littorale protégée, face à une réserve naturelle. Une source m'a précisé que tout ceci allait se solutionner. Aurait-il une idée de ce que cela signifie exactement ?

– Ce n'est pas une affaire pour les journaux, ronchonne Vaage.

– Ça, c'est à moi d'en décider seule. Mais qu'en est-il exactement de ces bungalows construits en toute illégalité ?

– À ma connaissance, on ne peut pas parler de hangars à bateaux construits en toute illégalité. Les propriétaires de l'association de propriétaires ont exprimé le souhait de construire des appartements sur certains hangars à bateaux et d'aménager des cabanons de pêcheur. Raison pour laquelle une demande de modification du bâti a été déposée, qui doit obtenir le feu vert de la commission d'urbanisme au cours de l'été. Ah… je voudrais rester anonyme et ne pas être cité, s'il vous plaît.

– Mais d'abord, vous devez rédiger une recommandation à l'attention de la commission ?

– Oui, c'est la procédure, confirme-t-il. Mais, comme je l'ai dit, ce sera visé seulement après la fin des vacances.

– Et la réponse sera positive ?

– Nous avons eu un dialogue très constructif. Le responsable de l'association s'est montré très coopératif : il nous a beaucoup aidés et a monté un dossier qui tient la route. Et puis, entre nous soit dit, ce que vous qualifiez de… bungalows, franchement, je ne vois pas en quoi cela gênerait la population locale.

– C'est Georg Thomsen le responsable de l'association ?

– Non, un certain Frank Dahl. Il a fait un travail formidable.

– Oh, je n'en doute pas. Tenez, pendant que j'y pense… J'ai un bonjour à vous transmettre de la part de Sylvia.

– Sylvia qui ?

– Sylvia qui a l'habitude de tomber et de se cogner contre les armoires d'archives, au service de l'urbanisme.

Et sur ce je raccroche.

Dans l'ordinateur, la réussite se solde par un nouvel échec. Je ferme les yeux et, d'un clic de souris, redistribue les cartes. Ainsi donc, le nageur d'appartement est responsable de l'association de propriétaires… Comme c'est intéressant ! Pas étonnant qu'il soit un peu nerveux alors qu'il est à deux doigts d'obtenir l'autorisation pour son satané hangar à bateaux. Ce qui signifie en substance que j'ai intérêt à me bouger le cul si je veux que cette modification du bâti n'aboutisse pas. Si certaines personnes étaient au courant, si les gens pouvaient lire dans le journal ce qui se passe en réalité, ils réagiraient – et agiraient. Dès lors, il deviendrait impossible pour l'association de propriétaires de légaliser les hangars à bateaux.

## chapitre 16

– C'est un rendez-vous ou une tentative d'acheter la presse ?

– Qu'est-ce que tu veux dire ? me demande Ole.

– Tu as payé pour le café, je réponds, en captant son regard.

– Si ç'avait été le cas, tu aurais eu une pâtisserie en prime, ricane-t-il.

– Je suis ravie de l'apprendre. Autant me l'acheter avec mes propres sous dans ce cas.

Je commande un pain à la cannelle aux filles derrière la caisse. L'une d'elles n'est autre qu'Anna, la sœur d'Irene. Elle m'explique qu'elle s'est levée aux aurores pour les faire et qu'ils sont super bons. Elle m'interroge du regard car elle veut poser la pâtisserie sur une assiette et nous l'apporter, comme le font les serveurs dans les restaurants. Je lui fais comprendre d'un hochement que c'est d'accord. Elle demande ensuite si le grand jeune homme désire en goûter un lui aussi. À le voir secouer la tête pour seule réponse, je le trouve légèrement cavalier. Et encore plus lorsque, avec des mouvements brusques, il remplit nos tasses avec la cafetière à disposition sur le comptoir.

– Comment peux-tu dire non, Ole ? Ces deux jeunes filles ont à peine dormi pour nous proposer des gâteaux tout frais de ce matin, et tu ne veux même pas en acheter un ?

J'adresse un petit clin d'œil à Anna et à sa collègue, toutes deux vêtues d'un tablier rouge, un large sourire imprimé sur leur bouille rondouillarde. Ole se laisse convaincre et rouvre son portefeuille pour payer le pain à la cannelle. À part une table occupée par des retraités, le café est vide ; si ce n'était pas un établissement subventionné, il aurait fermé ses portes depuis belle lurette. Après un coup d'œil vers les deux personnes âgées, Ole précise qu'il préférerait s'installer dehors. Comme ça m'est égal, je hausse les épaules et je le suis. Il choisit la seule table à l'ombre, non seulement protégée du soleil mais aussi des regards indiscrets jetés par la fenêtre du commissariat. Je lui dis que, quitte à être à l'extérieur, mieux vaut encore se mettre au soleil. Son non sans appel ne me donne guère envie de parlementer. Anna nous rejoint sur ces entrefaites, deux assiettes en carton qui contiennent nos pâtisseries respectives. Elle soupire en les posant et, mains sur les hanches, ajoute qu'on aurait dû se servir dans des tasses également en carton.

– Les tasses en céramique sont réservées aux consommations à l'intérieur.

– Excuse-nous, Anna.

Je lui caresse le bras, lui demande si j'ai droit à un petit câlin bien qu'elle soit au travail. Après une seconde de réflexion, Anna se jette dans mes bras. Elle a des joues incroyablement douces et réconfortantes.

– Est-ce que le grand jeune homme veut un câlin lui aussi ? je demande à la cantonade. Tu as vu qu'il est de la police ?

Anna ne sait soudain plus où se mettre, malaxe ses mains contre son tablier, finit par faire signe que non.

– Une autre fois peut-être, alors ?

Elle détourne le regard, le pose ensuite sur Ole et s'enfuit à toutes jambes.

– C'est la sœur de ma meilleure amie…

J'entreprends de désentortiller le pain à la cannelle.

– Et la seule à être capable de faire ressortir ton côté affectueux ?

– Mon côté affectueux ?! Si tu continues, tu vas te prendre une gifle.

– Ce ne serait pas très intelligent. Aussi peu intelligent que l'herbe que fume ta grand-mère.

– Merde ! J'aurais dû me douter que tu avais senti quelque chose…

J'enfourne un bout de gâteau. Pour une raison que j'ignore, c'est totalement insipide.

– Je vais être contraint de lui demander de détruire les plants.

– Quels plants ?

– Engel, ce n'est pas seulement parce qu'une une odeur persistante de joint m'est montée aux narines samedi dernier. Nous avons reçu une information comme quoi ta grand-mère fait pousser des plants de cannabis. Nous prenons ce renseignement très au sérieux. Nous allons donc passer chez vous cet après-midi pour chercher les plants en question. Très sincèrement, j'ose espérer que nous ne trouverons rien. Tu comprends ce que j'essaie de te dire ?

– Qui vous a prévenu ?

– Je ne peux pas te le révéler. Mais, au risque de me répéter, nous sommes forcés de prendre l'affaire très au sérieux.

Il boit une gorgée de café.

– Pourquoi tu fais ça ?

– Pourquoi je fais quoi ?

– Me prévenir.

– Ce n'est pas moi qui… Je ne sais pas. Peut-être parce que c'est un petit village… ?

Sur cette hésitation, il se lève du banc.

– Ou parce que tu m'aimes bien ?

– Promets-moi que nous ne trouverons rien cet après-midi, Engel.

– D'accord.

Et j'espère seulement qu'il ne va pas se retourner. Car si jamais il se retournait, il verrait que je pleure et, dès lors, peut-être, peut-être que je pourrais tout lui raconter. Et dans ma tête, je me dis :

*Retourne-toi, Ole. Retourne-toi pour que je puisse tout te raconter. Retourne-toi pour que je te parle de maman. Pour que je puisse te dire que c'est pour elle que grand-mère s'est procuré ces putains de plants d'herbe. Parce qu'il n'y avait plus qu'eux, à la fin, qui pouvaient atténuer la douleur. Parce que mon originale de mère, avec son côté hippie de merde, refusait d'être soignée comme tout le monde, par le biais de la médecine occidentale. Madame avait décidé qu'elle vaincrait le cancer grâce à la médecine naturelle, au yoga, à la phytothérapie et à une alimentation bio. Pas question de se faire prescrire la moindre chimio. Retourne-toi, Ole...*

Mais tout ce que je vois, c'est un dos bleu qui rétrécit de plus en plus. De toute façon, s'il se retournait malgré tout, il ne verrait même pas mon visage correctement. Je regarde le pain à la cannelle sur l'assiette. Désentortillé comme je l'ai fait, il ressemble à une vulgaire limace. Quand je me lève pour aller le jeter à la poubelle, j'entends Anna soupirer puis me demander s'il n'était pas bon.

– Ça n'a rien à voir avec ton gâteau, Anna.

J'essaie de me façonner un sourire au moment où je me tourne vers elle.

– Pourquoi tu pleures ?

– Je crois que cette fois j'ai besoin d'un gros câlin, Anna.

Avec son tablier à carreaux rouges, Anna s'approche de moi et me serre fort fort fort dans ses bras. Elle me demande si le monsieur a été méchant envers moi.

– Non, Anna. Il n'a pas été méchant. Il a même été très gentil.

Et je sens à quel point ça me fait du bien qu'elle me prenne ainsi dans ses bras.

## chapitre 17

Ole ne plaisantait pas en disant qu'ils prenaient très au sérieux le renseignement sur les plants de cannabis de grand-mère. Les policiers ont inspecté les moindres recoins de la ferme. Ça va jaser chez les voisins, au moins ça leur fera un nouveau sujet de conversation. Le véhicule de police est garé en plein milieu de la cour, le chef de police en personne s'occupe du chien renifleur, Ole est également présent ainsi que sa collègue, une dénommée Andersen, celle-là même qui a déchiré le tee-shirt du videur alors qu'il étouffait devant la boîte de nuit. Irene m'a raconté que, selon ce qu'a entendu dire Joppe, le Remi en question serait toujours dans le coma. Étendue sur le lit, j'entends des pas dans l'escalier. On frappe, je ne réponds pas. La porte s'ouvre. Ole.

– Je suis désolé, Engel, mais je crains que nous ne devions également vérifier ta chambre.

– Ça t'excite de retourner les tiroirs où je range mes sous-vêtements ? je lui demande, avant de me tourner contre le mur.

– Ma collègue va s'en charger. Il vaudrait mieux que tu attendes dans le couloir pendant ce temps.

J'entends une deuxième paire de chaussures monter les marches. Je me relève, passe devant Ole sans le frôler, sans lui accorder un regard. Je sors dans le couloir où je me laisse glisser en position assise, dos au mur. Il ne leur faut pas longtemps, preuve qu'ils ne sont pas si pointilleux. Ils ressortent. L'espace d'un instant, Ole semble vouloir se pencher à ma hauteur. Mais il se ravise et met le cap vers la porte à l'autre extrémité du couloir.

– Non, pas…

La phrase m'a échappé. Ole et sa collègue se retournent immédiatement sur moi.

– C'est la chambre de maman. Et puis faites ce que vous voulez, j'en ai plus à rien foutre…

Je me redresse et retourne m'enfermer dans ma chambre. Je sens en moi la colère monter. Une colère noire. Ça suffit maintenant. Ça doit être bon là, quand même, merde ! Mais non, ça ne suffit pas et ce n'est pas bon du tout puisqu'on toque à ma porte. Ole, encore. Il me dit que tout va bien, qu'ils n'ont rien trouvé. Puis il me tend la main.

– Merci.

– Je ne t'ai rien donné, OK ! rétorque-t-il en me fusillant du regard.

Il s'en va. Et je n'ai nullement besoin de regarder ce que j'ai dans la main pour savoir ce que c'est.

– J'étais sûre que ça allait arriver. Je l'ai vu venir au petit matin, quand tu as ramené ce type à la maison, dit grand-mère en me regardant.

– Ce n'est pas sa faute. Quelqu'un les a rancardés, donc ils étaient obligés de venir. S'il ne m'avait pas prévenue avant, ils auraient trouvé toute ta plantation de merde ! T'es bouchée ou quoi ?

– Tu ne vas pas bien, toi... Qu'est-ce qui t'arrive encore, Engel ?

Elle boit une gorgée de sa décoction à la rhodiole.

– Pourquoi tu me poses toujours cette question ? Chaque fois qu'un truc déconne, toi, tu passes à autre chose. Tu vois, *ça* ?

Je sors le bout de shit et le lui tends.

– Ole me l'a donné avant de partir, il l'a trouvé dans la chambre de maman. En quelle langue il faut te l'expliquer ?

– Alors comme ça, tu es à tu et à toi avec les forces de l'ordre, maintenant... C'est nouveau !

– Tu m'avais promis de te débarrasser de tout ça à la mort de maman. Putain, mais merde, grand-mère ! Parfois je me demande si tu t'es pas grillé les derniers neurones que t'as encore à force de fumer ta camelote !

– D'abord je ne fume pas beaucoup. Trois ou quatre fois l'an, et encore. Ensuite c'est pratique d'avoir ces plantes. Et puis c'est une affaire privée. Et je suis une adulte responsable.

Elle se lève pour me prendre le shit de la main, mais je suis plus rapide : je vais à la porte qui ouvre sur le jardin et balance cette saloperie dans les cassissiers.

– J'en ai ras le bol, tu m'entends ?! Ras le bol de tes conneries pseudo-spirituelles. De tes plantes, tes cartes de tarot, tes déesses et tes amis artistes ! Papa veut que j'aille m'installer avec lui à Berlin à partir de la rentrée. Et tu sais quoi ? Eh bien je crois que je vais dire oui. Et arrête de me prendre pour une conne ! Tu fumes pas trois ou quatre fois l'an, tu fumes toutes les semaines !

– Engel, mon ange. Tu t'énerves, là. Mais on peut en discuter, tu sais. Ça fait du bien de sortir ce qu'on a sur le cœur.

– Je l'ai *déjà* sorti !

Et vlan, je claque la porte. Je cherche autour de moi quelque chose à casser, un truc que je puisse envoyer valdinguer contre le mur. Mon choix se porte sur le vase contenant des fleurs, posé sur la table devant un Kestutis tourneboulé. Je fonce dessus, m'empare du vase et le fracasse contre la porte en hurlant « fais chier ! ». Je sens aussitôt que grand-mère a raison sur un point : ça fait du bien de sortir ce qu'on a sur le cœur. Mieux : c'est merveilleux de jeter un vase contre une porte fermée.

– Engel, ma douce…

Assise sur le bord de mon lit, grand-mère me secoue délicatement. M'embrasse le front. Me dit que Kestutis a une surprise pour moi. Je lève le haut du corps pour regarder l'heure sur la table de nuit. Les diodes rouges m'indiquent 02:23.

– Ça ne peut pas attendre demain ?

– On est déjà demain, viens. Et ne sois plus en colère, c'est mauvais pour le karma.

Elle me prend par la main et, le sommeil cognant dans mon corps, je la suis à la cuisine. On s'immobilise sur la dernière marche. Je vois la surprise étendue sur le sol de la cuisine. Une banderole rehaussée du slogan *Égalité pour tous !*

– C'est quoi ?

– Une manifestation ! Si tu n'as pas le droit d'écrire que l'autre abruti d'investisseur agit comme un rouleau compresseur sans aucun égard envers la nature et les règlements qui valent pour tout le monde, nous devons employer d'autres méthodes.

Grand-mère descend la marche pour rejoindre la banderole sur laquelle sont dessinés, à gauche, des oiseaux en pleurs et, à droite, un homme qui se vautre dans une baignoire remplie d'argent. Je dois avouer que Kestutis a du talent.

– Demain, on va à Våge, on s'installe sur le parking du Triangle, en plein pendant l'heure des courses. Comme ça, les gens qui fréquentent la galerie marchande sauront à quel bandit ils ont affaire.

Elle me montre les tracts qu'ils ont aussi fabriqués.

– C'est bien beau tout ça, mais je ne peux pas. Robert m'a clairement fait comprendre que je devais laisser Barack Athomique tranquille. De toute façon, quand le dossier sera examiné par la commission d'urbanisme à la rentrée, les hangars à bateaux seront homologués.

Je fais mine de monter l'escalier pour aller me recoucher.

– Mais c'est quoi cette attitude, Engel ? Que tu t'immisces dans la politique est une chose. Mais que tu te laisses intimider par de gros richards, là non, je proteste. Tu m'as toi-même dit, dans cette cuisine, que tu soupçonnais ce Barack Athomique de s'adonner à la carambouille. Il faut que tu suives ton instinct, Engel. Et il ne faut pas que tu le lâches d'une semelle ! Quelqu'un qui a amassé autant d'argent en aussi peu de temps ne s'est pas enrichi sans exploiter les autres, je refuse d'y croire. Son hangar à bateaux construit en toute impunité n'est certainement que l'arbre qui cache la forêt. Unn ne t'a pas éduquée pour que tu deviennes une poule mouillée !

Ses cheveux roux s'électrisent et refusent de se soumettre aux pinces à cheveux. Je regarde à tour de rôle la banderole puis grand-mère. Peut-être s'agit-il d'un de ces énièmes projets de folle dont grand-mère a le secret et qui, justement, me permettra d'aboutir à ce que je veux prouver. Le tout, c'est que les gens soient informés, ils doivent savoir ce qui se trame dans leur dos pour que les situations de non-droit ne se fassent pas sous le manteau et restent occultées. Si je ne peux pas avoir la vérité imprimée dans un journal, dans ce cas elle le sera sur un tract.

– Deux secondes… J'ai d'autres photos du bungalow sur une clé USB. C'est rangé dans mon sac, avec les photocopies du permis de construire et du certificat d'urbanisme.

Je cours les chercher dans ma chambre. La sensation de sommeil qui engourdissait mon corps il y a quelques minutes est remplacée par un chatouillement enivrant. Il se passe *enfin* quelque chose.

## chapitre 18

À travers la vitrine de la librairie, je vois grand-mère et Kestutis garer la voiture sur le parking du Triangle. Ils ont embarqué Lars dans leur équipée sauvage. Il s'extirpe de la banquette arrière, la banderole sous le bras. Je les vois s'aligner devant l'épicerie. Grand-mère est munie d'un mégaphone. Kestutis s'occupe de la distribution des tracts. Les gens pressent le pas en arrivant à leur hauteur, plus accaparés par leurs petites affaires que par celles de ces protestataires. Seuls les adolescents s'arrêtent pour savoir ce qui se passe. Grand-mère vient à peine de commencer à haranguer la foule que le responsable du magasin sort pour aller leur parler. Il désigne la banderole. Grand-mère secoue la tête. Il s'énerve encore plus. J'entends grand-mère hurler dans le mégaphone qu'il n'est qu'un sale capitaliste. L'épicier courbe le dos et retourne dans sa boutique. Le libraire vient se placer à côté de moi, regarde par la vitrine et demande ce que cette folle furieuse est en train de fabriquer. Quand je tourne la tête vers lui, son visage devient aussitôt cramoisi, il marmonne un « flûte ! » avant de retourner derrière sa caisse. Les badauds commencent peu à peu à se masser devant la manifestation. Kestutis distribue des tracts à qui veut bien les prendre : certains rient, d'autres les acceptent, d'autres encore s'écartent en secouant la tête. Les jeunes ont rejoint le camp contestataire, sans doute parce qu'il y a enfin un peu d'action dans les parages. Ils scandent à leur tour :

– Liberté pour tous !

J'aperçois alors un véhicule de police amorcer le rond-point, et, quasiment collée au pare-chocs, la voiture du rédacteur en chef. Il a dû décider qu'il couvrirait lui-même l'événement. La première se gare devant le Triangle, la seconde va trouver une place sur le parking, pile face à la librairie. Robert Nes descend et remarque immédiatement la présence de ma moto. Je m'efface de la vitrine, sans être sûre qu'il m'ait aperçue. Ce qui en fait n'a plus d'importance puisqu'il a vu la moto. Sacoche photo en bandoulière, il traverse la route. Il se procure un tract auprès des adolescents et commence à mitrailler. Le chef de police en personne va parlementer avec grand-mère. Il lui arrache le mégaphone et désigne la banderole. Restant en retrait, Ole fouille la foule des yeux. Quand nos regards se croisent, je comprends ce qu'il cherche. Je m'empare du premier magazine venu et vais payer à la caisse.

– Ce sera tout ? demande le libraire.

Suivant son regard, je me rends compte que je n'ai rien pris de mieux qu'un magazine de jardinage.

– Est-ce que je pourrais avoir un sac plastique pour le mettre ?

Du coin de l'œil, je vois une chemise bleue entrer dans le magasin.

– Attends, il y a un sachet de graines qui va avec et je vois qu'il est tombé de ton exemplaire. Je vais t'en trouver un autre.

J'ai beau lui dire que ça ira sans les graines, il est déjà parti échanger le magazine. Ole s'est campé derrière moi, il ne dit rien. Le libraire revient, range le périodique passionnant dans un sac plastique. Je pose l'argent sur le comptoir, le regard d'Ole planté dans ma nuque. Je ramasse la monnaie et la fourre dans la poche de mon short. Le libraire glisse le ticket de caisse dans le sac, oblique la tête vers Ole et lui demande en quoi il peut l'aider.

– Merci, ça ira. J'ai trouvé ce que je cherchais.

Je passe devant lui, file vers la porte, sans qu'il m'emboîte le pas. Bien décidée à ne pas me retourner, je rejoins ma moto avec le même empressement.

– Engel Winge.

Je déteste que les gens emploient ce ton pour s'adresser à moi. Je sors les clés de ma moto, passe une jambe par-dessus la selle et m'empare du casque posé sur le guidon. Ole est plus rapide. Posté devant ma bécane, il entoure le casque fermement des deux mains.

– Lâche, je dis, sans croiser son regard.

– Non.

– Lâche ! je répète, en tirant sur mon casque.

– Non. Pas avant que tu m'aies écouté.

Je m'appuie sur la selle et croise les bras sur ma poitrine. Quand je prends conscience que, ce faisant, j'adopte la même position qu'Ole, les mains plaquées sous les aisselles, je les baisse contre mon ventre.

– Je n'ai pas pris ce poste pour veiller continuellement sur toi et m'assurer que tu ne fais pas de bêtises.

– D'accord.

– D'accord ? Je préférerais dorénavant ne plus avoir à partir sur une intervention pour découvrir que tu n'es pas étrangère à l'affaire qui me mobilise.

– N'en fais pas des tonnes non plus, s'il te plaît. Je ne suis pas responsable des idées lumineuses de ma grand-mère.

– Engel, fais attention à toi.

– Tu essaies de m'intimider, là ?

– Je suis allé vérifier au Labyrinthe et tout est aux normes. Tu n'y es pas entrée au moins, Engel ?

– Crois ce que tu voudras.

– Le propriétaire de l'hôtel a dit que tu lui avais proféré des menaces.

– Comment veux-tu que je le menace ? Je fais moitié moins que lui, question masse corporelle.

– Je ne sais pas, moi. Mais ce que je sais, en revanche, c'est que je t'ai surprise en train de vomir sur sa voiture.

– Un accident.

Je saisis l'occasion pour enfiler mon casque qu'il vient de lâcher.

– Je ne veux plus d'autres accidents venant de toi. Je ne veux plus du reste de l'été entendre un mot venant de toi. Quel imbécile j'ai été de m'être montré sympathique envers toi. Tu ne le mérites même pas…

– Et qu'est-ce qu'il en est du videur qui a fait un malaise ? Qu'est-ce que vous attendez pour trouver avec quoi, et surtout pourquoi, lui et les autres types se droguent ? je lui hurle à la figure.

– C'est une piste que nous explorons actuellement.

Je rabats la visière et démarre. Robert déboule au même moment en me faisant signe de patienter. Je rouvre la visière mais laisse le moteur tourner.

– Ça… Ça… !

Il brandit le tract. Je vois ses mains trembler.

– Je reconnais la photo. Je reconnais le dessin. C'est toi qui as commis ça, hein ? siffle-t-il comme un lemming prêt à sauter dans le vide.

– Qu'est-ce que tu en sais ? N'importe qui peut aller consulter ces papiers au service de l'urbanisme.

– Tu n'as strictement aucune aptitude pour le journalisme. D'ailleurs, tu ne travailles plus comme journaliste.

Je lui donne la joie d'avoir le dernier mot. Je claque la visière et quitte le parking à tombeau ouvert. Le rédac chef loge parfaitement dans mon rétro, où il ne mesure que cinq petits centimètres. Il n'y a donc aucune raison d'avoir peur.

## chapitre 19

Je m'arrête devant le pont de Godøysund. Après un bref instant d'hésitation, je me dis que l'interdiction de m'y rendre n'est plus valable : dans la mesure où j'ai été relevée de mes fonctions de journaliste, le rédacteur en chef n'a plus guère d'autorité sur moi désormais. Sur l'autre rive, une route gravillonnée distribue une quantité de petits parkings. J'emprunte un chemin adjacent qui se termine sur un débarcadère en pierre. Tiens donc… Amarré le long du ponton, le yacht du maire, que je reconnais aussitôt, clapote tranquillement. Je gare ma moto dans un buisson, descends de la selle et fixe mon casque sur le guidon. Une fois sortie de la végétation, je jette un coup d'œil par-dessus mon épaule pour vérifier que ma bécane est bien cachée. J'ôte les quelques feuilles collées sur mes vêtements et, l'air de rien, baguenaude jusqu'au bateau. Je laisse mon regard flotter au-delà du bastingage. Si la coque est en fibre de verre, le pont semble quant à lui être en teck. Je monte à bord. Une main caressant le pont chauffé par le soleil m'indique que ce rafiot n'est pas de la camelote. Face à la barre, le fauteuil a un revêtement en cuir doux et clair. La clé se trouve dans le Neiman. Le bruit d'une voiture à l'approche me tétanise. La seconde d'après, je m'aplatis sur le pont. J'avise une porte, un peu plus loin, qui ouvre sur une petite cabine. Je m'y faufile, en priant intérieurement pour qu'elle ne soit pas fermée. J'entends à présent que le moteur de la voiture s'est éteint. Deux portières sont ouvertes puis claquées. Le bip de la condamnation centralisée retentit, suivi de pas sur les gravillons. Par chance, la porte de la cabine n'est pas verrouillée. Je glisse sur le ventre au bas des marches, mains tendues devant moi. Aussi silencieuse et agile qu'un félin, je me retourne pour refermer la porte derrière moi. Je reconnais le rire de Smørdal et la respiration oppressée de Barack Athomique. Le yacht gîte fortement dès qu'ils montent à bord. La cabine est chichement équipée : une table, deux bancs contre la cloison, revêtus du même cuir moelleux que le fauteuil du capitaine ; deux cannes à pêche et une boîte de pêche posées sur le sol, mais hélas ni couverture ni coussins sous lesquels me cacher. Si jamais l'envie venait aux passagers de pousser la porte de la cabine, je serais faite comme un rat. Il y a bien un sanibroyeur, mais je ne vais certainement pas m'y planquer au cas où, en l'ouvrant, je constaterais que la porte émet un bruit qui trahirait ma présence. Je ne prends même pas le risque de tenter le diable. Je m'assieds sur le banc, les pieds ramenés contre moi sur le cuir, juste derrière le mur qui jouxte le chiotte chimique.

– Robert m'a passé un coup de fil pour me dire qu'il s'était débarrassé de sa petite curieuse d'apprentie journaliste…, dit le maire au moment où il démarre le bateau.

Après un rire gras, Barack Athomique prononce une phrase que je ne déchiffre pas complètement si ce n'est qu'ils devraient me remercier. Le reste de la discussion est inaudible, seuls leurs rires percent le vrombissement du moteur. Je sens ensuite le yacht accélérer. Regardant par le hublot, j'essaie de suivre la route que nous empruntons : je vois qu'on passe devant l'hôtel et qu'on se dirige vers l'une des nombreuses îles de l'archipel. Mais laquelle ? Fait chier ! Y en a tellement, en plus je suis loin de les connaître toutes… Est-ce que ça pourrait être Store Godøy ? Je sais que l'une d'elles porte ce nom, Alf m'a montré les environs sur la carte après que je lui ai parlé de Solstråleøya qui, elle aussi, doit se trouver quelque part au milieu de cette ribambelle d'îles et d'îlots.

– Entre nous, c'est ça le top à Tysnes : ces péquenauds sont un peu naïfs dans leur genre.

La moquerie du bellâtre intervient pile au moment où le bateau ralentit. À travers la petite vitre du hublot, je vois un ponton équipé d'un platelage en bois. Sur un panneau également en bois est indiqué : *quai communal*. Neuf, soigneusement composé, il rappelle celui de cette émission pour enfants dont le nom m'échappe et qui me laisse penser que c'est l'œuvre de handicapés ayant décroché un emploi sécurisé au sein d'une entreprise adaptée. Le hic, c'est évidemment qu'ils ont pu en fabriquer des dizaines de ce genre... Quai communal ? Mais où on est, bordel ? Je prends quand même une photo avec mon téléphone portable et ouvre aussitôt grand mes oreilles puisque le maire s'est remis à parler. Il dit à Barack Athomique qu'il peut d'ores et déjà se réjouir de l'édition de jeudi prochain car Robert a écrit un papier assez réjouissant à propos de cette manif qui a eu lieu pour protester contre les hangars à bateaux. En plus, la photo est tordante puisqu'on y voit une vieille hippie être emmenée par le chef de police. Dit-il.

– Elle me fait presque de la peine, cette pauvre pisse-copie d'Engel Winge, répond Barack Athomique. Si idéaliste, si godiche... J'aimerais bien voir sa tronche quand elle apprendra que des chalets de luxe vont être construits sur cette côte...

– Il faut d'abord que le Parti du progrès remporte les élections. Avec des soutiens puissants pendant la campagne, j'ai bon espoir qu'on gagne.

– Ouais ! Au fait, j'ai viré les cinq cent mille couronnes.

– Génial. Te fais pas de bile, ils seront bien utilisés pour le parti et pour tes affaires. Allons faire une petite inspection, propose Smørdal.

Je sens le yacht tanguer où moment où Barack Athomique foule la terre ferme. Un regard furtif par le hublot me permet de constater qu'il marche pieds nus dans des chaussures bateau. Le bellâtre atterrit des deux pieds chaussés de mocassins légers à côté de son acolyte Bibendum.

Le trajet de retour ne me donne guère plus d'indications sur l'endroit où on est allés, et je n'arrive pas à déterminer si ce qu'on dépasse correspond en fait à des îles ou des tronçons de littoral. Tout du long, les arbres poussent jusqu'au bord du rivage et, dans certains endroits, les feuilles pendent même dans l'eau. C'est justement à cause de cette végétation luxuriante qu'oiseaux et amphibiens adorent s'implanter ici. Alors qu'ils pourraient y passer des jours tranquilles, Barack Athomique a donc décidé d'anéantir ce paradis. Le yacht ralentit. J'aperçois le petit ponton en pierre. Un coup d'œil à ma montre m'indique que le voyage n'a pas pris plus de quatre minutes et demie. Nous accostons. Mon cœur s'arrête lorsque la porte de la cabine s'ouvre. J'entends Smørdal descendre une marche, s'immobiliser et crier :

– Nom de Dieu de bordel !

Je me colle contre la cloison et retiens mon souffle.

– Y a un problème ? demande Barack Athomique.

– On dirait que les rats ont quitté le navire et que les souris les ont remplacés… T'inquiète pas, pars devant, je te rejoins !

Du coin de l'œil, j'aperçois le visage du bellâtre dans le miroir accroché sur le mur opposé. Quand nos regards se croisent, je comprends que je suis dans de sales draps. Je pose mes pieds et me lève.

– Non, non, je t'en prie, reste assise.

Il s'installe lui-même sur le banc d'en face. Je lui obéis, retrouve ma place sur les coussins en cuir blanc. Comme je ne sais pas trop quoi faire de mes mains, je les glisse sous mes cuisses.

– Nous n'avons pas encore eu l'honneur de nous saluer correctement. Steven Smørdal, dit-il en me tendant sa main.

– Engel Winge.

Je lui serre la main qu'il est réticent à lâcher, ce qui ne m'étonne pas outre mesure. En plus, il est le troisième homme en si peu de temps à me prédire le risque d'un plongeon fatal dans l'eau.

– Ta mère ne t'a pas appris à porter un gilet de sauvetage quand tu prends la mer ? Et qu'il est plus poli de demander la permission avant si on veut faire un petit tour en bateau, plutôt que de s'introduire par effraction sur celui d'autrui ?

Il s'adresse à moi, jambes écartées et bras croisés, je lui réponds par un haussement d'épaules.

– On était dans la même classe au collège, ta mère et moi…

– Ah…

– C'est triste qu'elle soit morte si jeune. Et je comprends que tu sois accablée. C'est à cause de ça que tu fais plein de bêtises en ce moment ? Parce que tu es toute seule et désespérée ?

Il se penche vers moi pour me caresser le bras. Je sursaute en arrière tandis que mon regard cherche l'escalier qui mène au pont.

– Tu ne comptes tout de même pas t'en aller maintenant ? Alors qu'on discute tellement bien tous les deux…

Il se caresse la moustache avec le pouce et l'index de la main gauche. Son attitude révèle que ce geste lui est coutumier. Il me déclare alors que tout ceci restera bien sûr entre nous.

– Comme c'est généreux de votre part ! Mais, voyez-vous, je n'ai aucune intention que ça reste entre nous. J'ai tout entendu, je sais tout, et j'ai des photos comme preuves.

Sitôt que je fais mine de me lever, la face de requin bondit sur moi.

– Espèce de petite salope !

Ses mains me serrent la gorge. J'essaie de me faire la plus lourde possible pour pouvoir atteindre le sol.

– Ouais, c'est ça, mets-toi sur le dos, que je te défonce la chatte comme toutes les autres putes avant toi !

L'étau autour de ma gorge se desserre, l'air circule enfin librement dans mes poumons. Mais j'ai à peine retrouvé ma respiration que, déjà, il me plaque une main moite sur le nez et la bouche. De l'autre, il défait la ceinture de son pantalon. Je tâtonne sur le sol, dans l'espoir d'attraper un des hameçons d'une canne à pêche. J'entraperçois au passage sa bite en érection.

Je sens ses doigts tirer sur mon short, ses ongles gratter la peau de mes hanches. Je me débats comme une folle pour le forcer à ôter sa main de ma figure. Sentant maintenant que je tiens fermement l'hameçon, je le lui plante dans la cuisse. Il hurle, me lâche, je me remets sur mes pieds et détale à quatre pattes en direction du pont. Mais, une fois dehors, je suis éblouie par le soleil implacable. L'espace d'un instant, ce que je vois se réduit à des ombres noires qui dansent sur ma rétine. J'entends alors le maire débouler derrière moi. Je me retourne. Je vois la lame d'un couteau de pêche étinceler dans la lumière. Il l'abaisse sur moi. Je saute par-dessus bord. Tout n'est plus que bulles blanches. Un nouveau plongeon résonne : Steven Smørdal atterrit dans l'eau à côté de moi. Je pique une tête sous le bateau, ressors de l'autre côté, me hisse illico sur le quai. Recroquevillée, je fonce vers le buisson où j'ai planqué ma bécane. Si je réussis à monter dessus à temps, je serai en sécurité. Il n'y a aucune voiture sur le parking et je me fous éperdument de mettre mon casque, qui reste à pendouiller au guidon. Je démarre. Quand je quitte la végétation à toute blinde, je vois dans le rétro ce salaud de Smørdal rouler sur le débarcadère en pierre.

Je croise un poids lourd dans un virage. Je roule à une telle vitesse que je me rabats au tout dernier moment seulement, en me carrant dans le fossé. Le chauffeur klaxonne, freine. Je profite qu'il se soit immobilisé pour regagner la chaussée. Quand je jette un coup d'œil au rétroviseur, je me rends compte que le camion est reparti. Je m'arrête. Mes pieds tremblent quand je les pose sur le bitume. J'hallucine : le maire a essayé de me violer... Il a voulu me violer et me tuer ! Je descends de la selle et m'assieds plus bas, sur la descente en pente douce, dans les fougères. Je dégobille tripes et boyaux. J'ai toujours l'impression de sentir ses doigts tirer mon short, ses mains autour de ma gorge, sur mon nez, ma bouche. J'ai l'impression de voir ses dents sous sa moustache, sa langue rose derrière les dents légèrement inclinées, ses pupilles qui se dilatent. Les scènes du bateau se projettent en boucle sur mon écran cérébral. Lorsque j'ai fini de vomir, les images défilent plus lentement dans ma tête. J'entends maintenant ce que nous disons. Et surtout ce que je lui lance : « *J'ai tout entendu, je sais tout, et j'ai des photos comme preuves*. » C'est cette dernière phrase qui l'a mis hors de lui, alors que je l'ai uniquement prononcée pour ponctuer ma tirade. Quelles photos croit-il que j'ai prises ? À coup sûr, celles du hangar à bateaux.

## chapitre 20

Ça m'a toujours paru d'une prodigieuse imbécillité que les services municipaux aient été installés à Uggdal alors que la zone commerciale se trouve dix kilomètres plus loin, à Våge. Or, aujourd'hui, je trouve ça hyperpratique. Il est seize heures trente à ma montre et il n'y a pas un chat, pas une voiture : personne, que ce soit à la mairie, au commissariat, à la banque, au bureau d'aide sociale, aux impôts ou, c'est surtout cela qui m'importe, à la rédaction. Le temps inhabituellement beau en cette fin juin a pour conséquence que pas un pékin ne fait une seconde d'heure sup. Je me gare devant l'ancienne banque transformée en bureaux, notamment pour le journal. Je rase la façade jusqu'à l'entrée, certes d'un pas pressé mais en feignant la normalité la plus totale. Je gravis le perron avec un calme olympien et ouvre la porte. Un mot accroché sur la porte des impôts, au rez-de-chaussée, précise que les services ont été transférés pour l'été à l'antenne d'Os, les employés étant en grandes vacances. À chaque marche que je monte, mes godasses détrempées clapotent. La porte en verre est fermée et la lumière éteinte. Je glisse la clé dans la serrure, ouvre et envoie valser mes chaussures sitôt à l'intérieur. Je fonce pieds nus à la réception et m'installe à la place d'Alf. Je sais que son bureau tiré au cordeau renferme une carte de la commune et des environs. Je ne mets pas longtemps à mettre la main dessus : elle a été rangée, comme il se doit selon l'ordre alfien, dans la bannette réservée aux brochures touristiques et autres documents de ce style. La région de Godøysund étant un méli-mélo d'îles et d'îlots, je n'ai pas la moindre chance de repérer l'endroit exact où Barack Athomique et Smørdal ont accosté. Pourtant, il y avait ce fichu panneau avec la mention *quai communal*. Je feuillette l'annuaire pour trouver le numéro du directeur de Tysnes Industriar qui a forcément fabriqué, j'en suis quasi certaine, le panneau en question. Comme Jens Espe, ainsi qu'il s'appelle, est le genre d'homme à porter son mobile en permanence dans un étui fixé à son ceinturon, je pars du principe qu'il est joignable. Pas loupé, il décroche dès la première sonnerie. Je me présente comme si je travaillais toujours au journal, en expliquant que j'écris un papier sur ces panneaux de toute beauté qui jalonnent notre commune. J'ajoute que les personnes travaillant dans son entreprise adaptée n'ont pas leur pareil pour confectionner de superbes panneaux en bois, tout le monde le sait.

– Ouais, voilà. On utilise une fraiseuse à reproduire qui donne des résultats pas mal du tout.

– Et c'était votre idée ?

– Ben, euh… Je me disais que ce serait ce qu'il y aurait de plus simple et qu'en même temps ce serait joli.

J'entends qu'il est gêné de recevoir des fleurs.

– Non, vraiment, ils sont très réussis, ces panneaux. J'imagine que beaucoup de gens ont envie d'en avoir, dans leur chalet par exemple…

Et j'ai à peine prononcé cette phrase que je me souviens de celui accroché sur la façade du chalet de Barack Athomique, lors de la séance photo.

– Oui, c'est clair. On en a fabriqué entre autres pour Georg Thomsen, à Godøysund. Mais aussi pour le sentier nature, pour les parkings, les quais, et ainsi de suite.

– Justement, ça me fait penser : j'en ai vu un, vraiment très chouette, où il est écrit *quai communal.*

– Ah oui. Mais il a rien de particulier, çui-là. On en a fait des dizaines comme lui. Il faudrait que tu ailles faire un tour à Godøysund, c'est là que tu trouveras le plus de panneaux. En tout cas c'est là qu'on en a fabriqué le plus pour un même lieu.

– Mais, précisément… Vous avez une idée de l'endroit exact où se trouverait celui que je recherche ? Que ce soit sur le littoral ou sur une île, d'ailleurs…

Je pose tout de même la question bien que j'aie compris que c'est une impasse et que je suis en train de perdre mon temps.

– Comme ça au débotté, non. Faudrait que j'y réfléchisse. Est-ce que je peux te rappeler ?

– Oui, bien sûr. Ce serait parfait.

– Au journal, j'imagine ?

– Non, plutôt sur mon portable. Ou au journal, c'est pareil en fait… Je vous rappellerai dans tous les cas.

J'extrais de la poche de mon short le mobile qui porte décidément bien son nom puisqu'il a même effectué un voyage sous-marin. Sauf qu'il en ressort en triste état. Merde. J'ouvre le boîtier pour en retirer la carte SIM. Il doit y avoir un deuxième téléphone à la rédaction, manifestement. Je retourne les tiroirs d'Alf, rien. En refermant le dernier et en me renfonçant dans le fauteuil, je me demande pourquoi je n'ai pas eu la présence d'esprit d'appeler d'emblée une personne en particulier.

Alf est un homme qui garde son portable, réglé toujours sur mode vibreur, dans sa poche de pantalon. C'est sans doute la raison pour laquelle il tarde systématiquement à décrocher. De ma voix la plus joviale, je dis en guise d'introduction :

– Alf, toi qui as une connaissance parfaite de tout ce qui bouge…

Ce à quoi il me répond, d'une voix la plus sèche :

– Engel, toi qui viens d'être flanquée à la porte mais téléphones quand même de la rédaction…

– Je voulais juste venir chercher mes affaires.

– Comment tu as fait pour entrer ? Patrick est là ?

– Euh, oui. Il est en train de rédiger un papier.

– Tu peux lui transmettre le message suivant, s'il te plaît ? La parole sainte du dimanche a été cette semaine écrite à la main. Il doit donc la rentrer sur ordinateur demain. L'enveloppe est à côté de son ordinateur, il l'a sûrement vue.

– Je vais lui dire. Mais... il y a une petite question que je me posais... Tu connais des endroits où il y a un quai communal à Godøysund. Environ à cinq minutes en bateau de l'hôtel. Tu vois ?

– Engel, lâche cette affaire.

– C'est une autre affaire, encore plus énorme. Allez, quoi... Réfléchis, où est-ce que ça peut être ? Un ponton avec un platelage en bois et un panneau, en bois également, avec la mention *quai communal*, tu sais, du même type que ceux fabriqués par l'entreprise Tysnes Industriar... ?

– Pourquoi est-ce que je t'aiderais ?

– Parce que tu me préfères à Robert. Allez, sois sympa, Alf... J'ai appelé le responsable, Espe bidule truc, mais il m'a répondu qu'ils en ont fabriqué des tonnes.

– Dans ce cas c'est la preuve que ce mec est un abruti.

Je perçois dans sa voix une certaine jubilation.

– Pardon ?

– Il n'y a qu'un seul quai communal dans le coin.

– Et... ? S'il te plaît, Alf...

Je perçois dans ma voix que ce petit jeu ne m'amuse plus du tout.

– J'imagine que tu as dû te balader sur l'île de Solstråleøya. Mais tu peux m'expliquer ce que tu es allée foutre là-bas ?

Sa réponse fait aussitôt tilt dans ma tête. Ou plutôt c'est la pièce qui manquait à mon puzzle. Puisque, forcément, je repense à ce qu'Eddie Rander m'a raconté. Quelques années après le départ de John et d'Ada, celle-ci a légué le palais de Solstråleøya à la famille royale norvégienne. La masure excentrique de Musgrove est tombée en ruine, a été démolie puis remplacée à la fin des années 1920 par une nouvelle bâtisse, baptisée *Prinsehytta* : le Chalet du prince. Cette maison en rondins a non seulement été déplacée à Godøysund, vers la fin des années 1940, mais fait aujourd'hui partie du complexe hôtelier que dirige Barack Athomique. La famille royale a, de son côté, perdu peu à peu tout intérêt pour l'île et, en 1992, le roi Harald l'a cédée à la commune de Tysnes qui y a aménagé un quai et un panneau avant que l'enthousiasme pour les lieux disparaisse lui aussi. Et donc notre cher bellâtre de maire et son acolyte Bibendum, ce tout aussi cher Barack Athomique, ont le projet de construire des chalets de luxe sur l'île…

– Tu es toujours là ? demande Alf.

– Oui, oui. Merci pour ton aide.

– Patrick n'est pas du tout à la rédaction, je suppose ?

– Non.

– C'est bien ce que je pensais.

Et il me raccroche au nez.

Quelle conne ! J'ai oublié de lui demander où se trouvait le second téléphone. Munie de la carte SIM, je pars en quête de l'appareil dans les tiroirs du bureau de Robert.

## chapitre 21

Le bureau de Robert compte trois tiroirs. Aucun téléphone n'est rangé dans ceux du bas et le troisième est fermé à clé. Il ne me faut même pas deux minutes montre en main pour en fracturer la serrure. Eh, c'est que je suis une pro des cadenas et des verrous, moi : chaque fois que j'allais voir Irene et que j'attendais dans sa chambre qu'elle ait fini de dîner, je réussissais à forcer son journal intime pour le lire. Ce qui, du reste, constitue une des raisons pour lesquelles je n'en ai jamais écrit moi-même, et pourquoi également j'efface dès que je les ai lus tous les textos et courriels que je reçois. Le portable se matérialise aussitôt sous mes yeux. J'ouvre le boîtier, y enfourne ma carte SIM et mets l'appareil à charger. Parmi les objets que je découvre dans ce simili-coffre-fort, un dessin d'enfant et la copie de la déclaration d'impôts de Robert. À voir le montant de son salaire annuel, je comprends pourquoi nous sommes payés au lance-pierres. Mais, nettement plus intéressant, je trouve aussi une clé USB ainsi qu'une carte mémoire du même type que celles qu'on utilise pour l'appareil photo de la rédaction. Ce connard paranoïaque de rédacteur en chef a bien sûr un mot de passe sur son ordinateur de merde. Je laisse mon regard flotter sur la table, dans l'espoir de dégoter un indice qui me révélerait le mot de passe en question. Il a certes une photo de famille incluant un labrador, mais j'ai oublié le petit nom de la bestiole. Pour une étrange raison, le seul lien familial que je lui connaisse se résume au fait qu'il est le demi-frère de Steven Smørdal. Au petit bonheur la chance, j'essaie *White Shark*. Mauvaise pioche. J'abandonne et vais plutôt m'installer à l'ordinateur du bureau sur lequel j'ai travaillé jusqu'à ce que je sois virée. Je me connecte à l'aide de mon mot de passe, une suite de chiffres et de lettres sans aucune logique. Alors, la carte mémoire ou la clé ? J'opte pour la première, la glisse dans le port USB – et l'image qui s'affiche sur l'écran dépasse en tout point les fantasmes les plus cochons que peut avoir Alf : Robert Nes, en cuir et en vinyle, avec deux femmes. Sur l'une, il porte un collier de chien et il a la queue très enfoncée dans la bouche d'une des femmes ; la seconde se tient d'ailleurs à côté d'eux, debout, un fouet à la main. Je flippe de plus en plus en parcourant les photos où, sans surprise, finit par surgir le maire. Il est allongé sur l'une des filles, un canapé en cuir usé leur servant de lit. Il a les mains autour de sa gorge, la bouche entrouverte, le bout de la langue contre les dents, le front perlé de gouttes de sueur. Je sens mes tripes se nouer.

Je continue mon visionnage à toute vitesse. C'est donc pour ça qu'ils avaient tant besoin de l'appareil photo, le soir de la Saint-Jean. J'aboutis à des photos au caractère un peu plus professionnel, une espèce de porno soft digne des magazines pour mecs. Mais… je le connais, ce visage… Oui, c'est la fille que j'ai croisée dans l'escalier de service, qui mène de l'Hôtel du Fjord au Labyrinthe. Elle a l'air nettement plus jeune sur ces photos, à peu près mon âge. Quand l'image suivante se matérialise sur l'écran, mon ventre se révolte carrément. Toujours la même fille, cette Russe, ici avec des traits d'adulte, attachée à une chaise. À ses côtés, Remi et Tony prennent la pose, avec chacun un couteau. Quand je branche la clé USB, je découvre qu'elle contient deux fichiers vidéo. J'en ouvre un, intitulé *Solstråleøya goes Deep Throat ou le Palais du porno*.

– Qu'est-ce que tu fous là ?

Je sursaute. C'est Patrick. Je m'empresse de baisser les deux fenêtres ouvertes dans le bas de l'écran. Mon cœur cogne dans ma poitrine.

– Et toi ? Tu viens encore profiter en douce de la photocopieuse pour fabriquer tes affiches de curetons ?

– Tu n'as plus rien à faire ici.

– Je range mes affaires, c'est tout.

Le voyant venir vers moi, j'attrape mon sac ouvert posé sur le bureau. Une photo en tombe, qui atterrit aux pieds de Patrick, lequel s'empresse de la ramasser.

– D'où est-ce que tu tiens cette photo ?

Et dès qu'il me pose la question, je comprends qu'il connaît le petit garçon photographié. Je lui demande donc qui c'est.

– C'est le neveu de ma femme, répond-il non sans clappement de langue.

– Elle, elle m'a dit que c'était son fils.

Nouveau clappement de langue, répété quatre fois d'affilée, ponctué par un raclement de gorge – oui, Patrick est dans ses petits souliers, ce qu'il me confirme :

– C'est un peu difficile pour moi…

– Si tu n'as rien contre, j'aimerais bien la lui rendre en main propre. Tu comprends, j'ai vécu à Moscou quand j'étais petite et j'adore parler russe dès que l'occasion se présente.

Je lui chipe la photo des doigts.

– Bon…

– Super, merci ! Est-ce qu'elle a un numéro de portable pour que je fixe un rendez-vous avec elle ?

Il me trouve le numéro que je note sur un Post-it, ainsi que son nom : Sonia. Là-dessus, Patrick me répète que je dois quitter la rédaction.

– Il ne me reste qu'à ranger mon bureau et je m'en vais.

– Bon… Moi faut que je file à Reiso assister au match de foot de l'équipe poussins. Et je t'avoue que je n'ai pas envie de te laisser seule ici étant donné que tu as été virée.

– Mais que veux-tu que je fasse de mal ? je demande, bras écartés.

– Tu mettras les clés dans la boîte aux lettres en partant.

– Pas de problème. De toute manière je n'en ai plus pour très longtemps. Il commence à quelle heure le match ? Il est déjà six heures, dis donc…

– Oh là là, faut que je me dépêche ! Et tu n'oublies pas de mettre les clés dans la boîte aux lettres, d'accord ?

– Croix de bois, croix de fer, si je mens je vais en enfer !

J'ai beau avoir le dessous des bras collant et trempé de sueur, je suis quand même parcourue de frissons et de sueurs froides. Figée sur ma chaise, les oreilles grandes ouvertes, j'écoute la porte claquer puis les pas de Patrick dans l'escalier. Mes mains tremblent toujours lorsque je me crée une nouvelle adresse courriel. Je transfère les photos de la carte mémoire de mon ancienne adresse mail à la nouvelle, idem des films de la clé USB. J'efface ensuite toutes les traces possibles de mon passage sur l'ordinateur. Retournant dans le bureau du rédacteur en chef, jetant un œil par la fenêtre où j'ai la confirmation que la voiture de Patrick est partie, je m'assieds dans le fauteuil et tends mes mains que je fixe intensément jusqu'à ce que je n'aie plus la tremblote. Le plus calmement du monde, je replace la clé et la carte à l'endroit exact où je les ai trouvées. Verrouiller n'a cette fois non plus rien du tour de force. J'aperçois alors le portable mis à recharger. Robert se rendra compte que quelqu'un est venu farfouiller dans ses tiroirs pendant son absence. Tant pis. J'enfourne le téléphone dans mon sac.

De retour dans la salle de rédaction, j'emprunte également le plus gros téléobjectif dont je vais avoir besoin. Au même moment, une étoile clignote sur l'écran noir de l'ordinateur où Robert maquette le journal. Je m'approche, touche la souris. L'étoile disparaît au profit de la dernière page sur laquelle cet abruti de Robert a travaillé. Puisqu'il a déjà écrit et mis en page le papier sur la manif. Le titre définitif est *Liberté pour tous !* et l'angle choisi veut montrer que tout le monde a les mêmes droits et devoirs dans cette société et qu'il convient de les suivre : on ne peut pas avoir recours aux actions illégales et faire preuve de désobéissance civile pour exprimer son mécontentement, il faut utiliser les voies démocratiques en vigueur. La photo montre le chef de police quasi en train de soulever grand-mère, laquelle n'est franchement pas à son avantage, c'est rien de le dire. Il n'est nulle part fait mention des motifs de la manifestation. Mais peut-être que ça peut se faire… ? Je rétrécis un chouïa la taille de la photo, pour faire un peu plus de place à la légende. Je ne touche pas au chapô, qui est correct dans son genre. Si jamais je le modifie, Robert verra que de menus changements ont été apportés.

Il me faut presque une demi-heure pour réécrire le papier. Je prie intérieurement pour que ça passe inaperçu. Robert a en effet pour habitude d'être hyperméticuleux dans ses corrections. Mais qu'est-ce qu'il adviendrait si, par le plus grand des hasards, un bin's se produisait qui l'empêche de s'en occuper lundi matin ? Par exemple : certaines pages terminées sont complètement vierges dans le chemin de fer. Mince alors ! Rien n'exclurait qu'Alf soit alors obligé de s'en charger, et il ne me sera pas très compliqué de le convaincre de survoler l'article. Je fous donc une merde pas possible aux pages deux et trois, pleines de notules, d'avis de décès et de vœux d'anniversaire. C'est ainsi que Gjertrud Hansen, qui fête ses quatre-vingt-cinq ans, se retrouve avec la bouille d'un minot tout sourire. J'efface aussi toute la page cinq, où s'étalait le reportage de Patrick sur les élèves de l'école biblique. Voilà, ça suffira. Je remets en fond d'écran la page avec la manif et me lève pour partir d'ici. Me revient soudain en mémoire le message d'Alf à Patrick, sur le bureau duquel je trouve l'enveloppe contenant la parole sainte du dimanche, effectivement manuscrite, rédigée d'une belle écriture tremblante. Ce sont sûrement des phrases splendides et lumineuses sur un verset de la Bible qui l'est tout autant. Mais, hélas pour les lecteurs du journal, ils devront s'en passer. Je fourre la feuille dans la poche intérieure de mon blouson et préviens Patrick qu'il devra lui-même pondre la fameuse parole sainte puisque Selma Espe, s'étant cassé le col du fémur, n'a pas pu la produire cette semaine. Puis je me dirige vers la sortie. Au moment de contourner le comptoir, je jette un dernier regard vers la rédaction, avec une bonne sensation dans le ventre.

## chapitre 22

J'étais pourtant certaine d'avoir aperçu quelqu'un derrière la vitre en me garant devant la maison. Seulement voilà, personne ne répond à mes coups de sonnette répétés. Histoire d'être sûre de moi, je frappe. Et je colle mon oreille contre la porte. Rien, silence total. Dans la même position, je sors mon portable et compose le numéro de Sonia. J'entends un bruit correspondant à l'intérieur : deux sonneries, après quoi mon appel est refusé. Signe en tout cas qu'elle est chez elle. Je m'assieds sur le perron pour rédiger un SMS commençant par *R#, une option qui me permet d'avoir la confirmation que mon texto a bien été transmis. Pas loupé, le retour intervient quelques secondes plus tard chez moi : « *Le destinataire a accusé réception de votre message.* » L'instant d'après, j'entends des pas dans le couloir. Je me relève. La porte est ouverte. Sonia, le portable toujours dans la main, me fixe sans rien dire.

– Salut…

– Qu'est-ce que tu veux ? elle me demande.

– Je suis ta nouvelle meilleure amie et je suis venue pour qu'on ait une petite conversation entre copines.

– C'est quoi cette histoire de photo ?

– La voilà.

Je lui montre la photo où figure son petit garçon. Je vois ses épaules jusque-là tendues s'abaisser. Elle sourit, tend la main pour l'attraper.

– Non non non, paaas si vite… Il faut d'abord qu'on parle *d'autres* photos…

Sonia pousse un petit cri avant de glisser le long de l'encadrement de la porte, un poing serré plaqué sur ses lèvres.

– Je crois que tu ferais mieux de m'inviter à prendre un café.

Sonia est entrée en contact avec Patrick via un site de rencontre sur Internet pour les hommes scandinaves souhaitant faire la connaissance de femmes russes. Comme elle a très vite senti qu'il n'avait pas franchement envie de quelqu'un ayant eu une vie peut-être plus mouvementée que la normale, elle a préféré dans un premier temps taire l'existence de son fils. Patrick est venu en Russie et, avant même que Sonia ait eu le temps de réagir, il lui avait déjà passé la bague au doigt et la ramenait dans ses bagages à Tysnes.

– J'ai cru que Patrick finirait par comprendre que mon petit garçon pouvait lui aussi venir en Norvège, sanglote-t-elle.

– Sauf que Patrick n'a pas sauté au plafond en apprenant qu'il héritait aussi d'un enfant ?

– Il s'est même mis dans une colère noire. Lui qui semblait si calme, si gentil… Il est devenu complètement fou. Il s'est mis à jeter des choses contre le mur. J'ai eu tellement tellement peur…

Sonia me raconte que, après, il n'a plus voulu rien avoir affaire avec elle. L'obligeant à coucher dans une autre pièce. Ne lui donnant pas d'argent de poche. Nourriture, cigarettes, vêtements, elle les obtenait tous de lui, de la main à la main. Puisque Patrick refusait, dixit, d'entretenir un bâtard en Russie. Du coup, quand elle a décroché un petit boulot à l'hôtel au printemps dernier, elle était au comble du bonheur : elle allait enfin pouvoir gagner son propre argent. Le jour où je l'ai croisée alors qu'elle fumait une cigarette dans l'escalier, elle venait d'avoir une discussion avec le propriétaire de l'hôtel. Il lui avait demandé si c'était vrai qu'elle parlait russe. Il avait besoin d'une interprète, elle serait bien payée.

– Et en quoi consistait le travail ? je demande.

– Je ne peux pas te le dire. Si je te le dis, ils m'ont promis de montrer les photos à Patrick et là, je ne donne pas cher de ma peau, pleure-t-elle.

– Les photos sont accessibles sur le Net pour n'importe quel amateur de ce genre de pratiques. Est-ce que je peux te demander comment, au départ, tu en es venue à te déshabiller pour faire ces photos ?

– Ça remonte à longtemps. Peu après la naissance de Vania. Il est né avec une malformation cardiaque, il avait besoin d'être opéré. Un homme m'a demandé si je voulais gagner de l'argent comme mannequin. Je ne savais pas que les photos atterriraient sur Internet. Et que ces porcs tomberaient dessus. Qu'ils… qu'ils… Je croyais que tout s'arrangerait pour moi une fois que j'arriverais en Norvège. Si jamais Patrick est au courant, je suis foutue, tu comprends ? m'implore-t-elle à présent.

– Donc, ce n'était pas du tout pour un boulot d'interprète qu'ils avaient besoin de toi ?

– Si, aussi. C'est… ils ont…

Je visualise la photo de Sonia, coincée entre Tony et Remi. Je me penche vers elle pour lui dire que je sais ce qu'elle peut ressentir. J'essaie de lui faire admettre qu'elle doit m'aider pour qu'on puisse coincer ces fumiers.

– Qu'est-ce qui se passe ici ?

Patrick est entré dans le salon à pas si feutrés que nous ne l'avons pas entendu. Sonia se recroqueville dans le canapé et part dans un torrent de larmes. Je regarde tour à tour Patrick puis Sonia avant d'aller m'asseoir sur le canapé et de me pencher sur elle.

– Tu es allé à Solstråleøya, n'est-ce pas ? je lui murmure, en russe. Tu n'as pas besoin de répondre. Fais oui de la tête si c'est le cas.

– Ils m'ont forcée…, chuchote-t-elle.

– On peut savoir ce qui se passe dans cette baraque ? Pourquoi est-ce que tu harcèles ma femme ?

Il m'arrache du canapé.

– Toi d'abord tu ne me touches pas ! je rétorque, en me libérant de son empoignade. Et je t'interdis de toucher Sonia !

– Fous le camp de chez moi ! hurle Patrick.

– Tu n'es rien qu'un sale porc sadique ! J'espère que non seulement l'enfer existe, mais que tu vas croupir dedans, espèce d'ordure !

Je n'ai pas l'occasion d'en ajouter davantage. Je me prends une gifle en pleine figure, puis je suis soulevée et transportée dans le couloir.

## chapitre 23

Je lève les yeux vers la bâtisse, ralentis, et laisse le bateau glisser mollement le long de Solstråleøya. L'île énigmatique de John Musgrove, où il s'est fixé en 1889 avec la jeune Ada, alors âgée de onze ans. Elle passait pour sa fille ou sa petite-fille. Cependant, quelques personnes bien informées estimaient que ce n'était qu'un tissu de mensonges. Dans les milieux aisés de cette époque, la mode voulait que certains hommes riches s'occupent de petites filles et les éduquent comme des maîtresses. Quant à savoir s'il en allait ainsi pour Ada, seul Eddie Rander connaît a priori le fin mot de l'histoire : à en croire ce qu'il a daigné me raconter, l'Anglais n'était pas du tout ce noble à qui on aurait donné le bon Dieu sans confession. Plus de cent ans après son départ, le palais excentrique a disparu, et tout ce qui reste de son installation ici se résume à la maison du métayer, datant de l'époque où la famille royale a vécu sur l'île. Outre des fenêtres condamnées, la peinture décolorée part en lambeaux. Voici donc les studios de cinéma de Steven Smørdal.

Dans ma tête, le film qui tourne et retourne saute à la réplique suivante : « Ouais, c'est ça, mets-toi sur le dos, que je te défonce la chatte comme toutes les autres putes avant toi ! » Forcément, je repense aux photos trouvées sur la carte mémoire. Qu'est-ce qu'il a fait des filles ? Est-ce qu'il les a tuées ? Est-ce que j'arrive trop tard ?

J'accélère. Or, au même moment, un bruit retentit. Je suspends mon geste. Un cri ? Un oiseau ? Il peut très bien s'agir d'un oiseau de mer. Je préfère arrêter complètement le moteur. J'entends alors une porte claquer, suivie d'un hululement méconnaissable, émis par un être vivant qu'il m'est impossible d'identifier. De nouveau un cri. Une voix de femme ? Est-ce que ça signifie que les filles sont toujours en vie ?

Arrivée au bout de l'île, je m'apprête à contourner la pointe lorsque j'aperçois, amarré au quai, le *White Shark* tanguer tranquillement, ses deux hors-bord relevés. Je prends conscience avec stupeur que je n'ai absolument pas réfléchi à ce que j'allais faire. La seule arme dont je dispose est un appareil photo équipé d'un téléobjectif. Alors que, de son côté, ce salaud de Smørdal m'a montré qu'il ne rechignera pas à m'enfoncer couteaux et autres dards de toutes sortes. Je retire le moteur de l'eau et, en quelques coups de rames silencieux, j'atteins l'îlot voisin d'Erleholmen. J'avise un arbre dont les branches pendent dans l'eau. Depuis cette cachette, j'ai une vue imprenable sur le quai et le yacht. Je sors l'appareil et zoome avec le téléobjectif. Une fois le *White Shark* dans la boîte, je vérifie le résultat sur l'écran. Qui me prouve que, pour ne pas avoir de photo floue, il faut maintenir l'appareil en bougeant le moins possible. Pas simple tout ça… Je pousse mon sac et mon sweet à capuche contre le garde-corps et m'agenouille dans le bateau. Sur le balluchon ainsi obtenu, je cale l'appareil pour qu'il ait le maximum de stabilité. Dans ma ligne de mire, le maire toujours aussi court sur pattes déboule au pas de course. Je m'imagine l'observer à travers la lunette d'un sniper, le mitrailler en appuyant sur le déclencheur comme si c'était une détente. Il se tient la joue, on dirait qu'il saigne. Il monte à bord de son rafiot. Voilà, j'ai un gros plan parfait sur sa tronche de cake. Oui, il a bel et bien une blessure à la joue. Il ouvre la porte de la cabine, en ressort avec du papier, s'essuie la figure, balance le papier dans l'eau. Il passe maintenant un coup de fil. Normalement, je devrais pouvoir capter des bouts de la conversation. Sauf que là, que dalle : le bateau de plaisance d'un gros richard qui veut en foutre plein la vue se dirige vers le quai. Sur le pont, une femme dans la cinquantaine est assise à quatre pattes, prête à attraper la main qui lui sera tendue. À la barre, celui qui doit être son mari la commande dans un accent de Bergen à couper au couteau. Elle lui répond par de simples glapissements et ne paraît guère avoir le pied marin. Elle porte certes un gilet de sauvetage rose, mais qui ne lui servirait sans doute pas à grand-chose si elle tombait à la flotte.

Et donc, terrorisée de prendre un bain forcé et doublement tétanisée à cause des insultes dont l'abreuve son cher et tendre, elle essaie d'attraper une main tendue par… le bellâtre en personne qui, sur le quai, a plutôt l'air de vouloir repousser le bateau.

– C'est quoi ce bordel ? hurle le type vulgaire de Bergen.

– Vous ne pouvez pas accoster ici ! lui crie Smørdal.

Le propriétaire du bateau éteint le moteur et montre d'un doigt rageur le panneau indiquant *quai communal*, non sans ajouter :

– Tu me prends pour un con ?

Sa femme, avec le seyant gilet de sauvetage trop petit pour elle, rampe vers lui, toujours à quatre pattes en essayant de l'amadouer :

– On peut peut-être aller ailleurs, Rolfounet… ?

– Toi tu restes où tu es, Rigmor. On va jeter l'ancre ici, point barre.

– Non, impossible ! rétorque le bellâtre. C'est moi le maire de la commune. Et si je suis ici, c'est justement parce qu'il va y avoir un… un… un gros chantier ce soir. Une pelleteuse doit nous être livrée…

– Ah bon…, grommelle Rolfounet.

De nouveau, la conversation disparaît dans un vrombissement de moteur. Un Bibendum que j'ai le triste honneur d'avoir déjà vu se radine à fond les manettes vers Solstråleøya, à bord d'un canot pneumatique au moteur riquiqui, d'un ridicule achevé. Quand Barack Athomique coupe le contact et amarre sa mini-embarcation, Rolfounet veut savoir pourquoi lui n'en a pas le droit.

– Vous n'auriez pas vu une gamine aux cheveux noirs à bord d'un day-cruiser de dix pieds de long, de marque Askeladden ? Tu me croiras pas, Steven, mais cette petite pouffiasse de journaliste est partie avec un des bateaux de l'hôtel !

– Pourquoi veux-tu qu'elle vienne ici ? demande le maire en inspectant les lieux du regard.

– Parce que j'ai vu où elle mettait le cap, tiens ! Du coup j'ai prévenu les flics. Ils m'ont dit qu'ils allaient se faire un plaisir de lui remonter les bretelles.

À ces mots, Barack Athomique met le pied à terre. Rolfounet n'en démord pas :

– On va passer la nuit ici !

Il s'empare de la gaffe qu'il fixe au ponton dans le but d'amarrer. Ni une ni deux, Smørdal lui arrache la gaffe des mains dont il se sert pour repousser Rolfounet et Rigmortedetrouille.

– Je vous ai déjà dit que vous ne pouviez pas accoster ici, bon sang !

– Qu'est-ce qui t'arrive, Steven ? C'est toujours un quai communal jusqu'à preuve du contraire…

Steven Smørdal jette la gaffe et vient se planter devant son acolyte pour lui murmurer un truc à l'oreille. Barack Athomique plaque ses deux paluches sur les épaules de son camarade de jeu et lui chuchote quelque chose qui a le don de le calmer instantanément. Avec une élégance sans pareille, il remonte son pantalon au-dessus du nombril, s'approche du bord de l'eau et, d'un geste qui se veut viril, pose une semelle sur le pieu d'amarrage. Il se présente comme le patron de l'Hôtel du Fjord et suggère :

– Ça vous dirait de vous installer au quai de l'hôtel ? Vous aurez l'eau et l'électricité à disposition. Et c'est moi qui régale.

– Ben, c'est que… Rigmor et moi, on avait pensé à un endroit où on serait pas dérangés, si vous voyez ce que je veux dire…

– Je vois parfaitement ! ricane Barack Athomique avec son rire gras. Mais dans une suite, avec jacuzzi, lit king-size et tout et tout, vous devriez pas être dérangés non plus. Alors, qu'est-ce que vous en dites ?

– Et la note est pour vous ?

– Puisque je vous le dis ! Parce que, vous voyez, je viens d'acheter l'île, en fait. Si bien que le quai n'est plus aussi communal qu'avant.

– OK, tope là ! Rigmor, ramène ton gros cul, on va à l'hôtel.

Rolfounet démarre le moteur. Le bateau gîte, arrachant un geignement à une Rigmortedetrouille toujours à quatre pattes et l'obligeant à se retenir au garde-corps. Le bellâtre et Barack Athomique regardent le bateau de plaisance se diriger vers l'hôtel. Si le couple de Bergen se fait sûrement une joie à l'idée de se vautrer à l'œil dans le luxe, je me demande ce qui peut bien expliquer la soudaine générosité du Bibendum. Marche-t-il lui aussi dans la sombre combine pornographique ?

Il arrête son pote de X qui fait mine de partir et lui demande les clés du *White Shark*. Ils finissent par monter à bord tous les deux. Les vagues produites par le yacht spécialement importé menacent mon embarcation : je me retiens à un arbre pour ne pas être projetée par-dessus bord. Une fois la voie dégagée, je reprends les rames et mets le cap vers un débarcadère en pierre à moitié démoli, situé en contrebas de la maison rouge du métayer, sur Solstråleøya. Entendant un énième moteur gronder non loin, je me demande une seconde si Rolf et Rigmor n'auraient pas changé d'avis. Mais je ne tarde pas à comprendre que j'ai affaire à un type de bateau nettement plus rapide.

– Alors comme ça on fait une petite promenade ? me demande le chef de police. Tu n'es pas sans savoir que la présence de gilets de sauvetage est obligatoire à bord ?

– Oui, j'en ai entendu parler.

Je jette un œil vers Ole, qui pilote la vedette de police. Quand nos regards se croisent, il tourne la tête.

– Et tu as un gilet de sauvetage dans le bateau ?

– Non, j'ai dû l'oublier. Mais comme vous le voyez, je suis tout près du rivage, et en plus je sais nager.

– Et ton permis bateau, tu l'as, lui, au moins ?

– Euh, c'est-à-dire que…

Qu'est-ce qu'il m'emmerde, lui ? Depuis quand on a besoin d'un permis pour barboter dans une baille de dix pieds de long avec un moteur de même pas dix chevaux ?

– Le problème majeur, c'est que ce n'est *pas* ton bateau, intervient Ole.

– Je l'ai juste emprunté…

Et force m'est de reconnaître que, aux yeux d'Ole, j'ai définitivement dépassé mon quotient de conneries.

## chapitre 24

– L'affaire est très sérieuse, tu en as conscience ?

Le chef de police souligne sa question à l'aide d'une ride d'inquiétude entre les yeux.

– J'en ai bien peur, dis-je en inspirant tandis que, en expirant, je glisse sur la chaise. Les fesses à l'extrémité de l'assise et la nuque contre le bord du dossier, mains croisées, je fixe le plafond.

– Ne prends pas ton air hâbleur, s'il te plaît. Tu as volé un bateau et, étant donné que tu as plus de seize ans, il s'agit d'un délit qui figurera sur ton casier judiciaire.

– Je vous ai déjà dit que je l'avais *emprunté*.

– Il a été déclaré volé.

– Mais je vous ai répété mille fois que j'avais l'intention de le rapporter !

Je me redresse sur la chaise, le chef de police soupire. Il regarde sa paperasse, me demande quel proche il doit avertir.

– Ma grand-mère, j'imagine.

– Et tes parents ?

– Ma mère est morte et mon père est à Tokyo. Donc, question *proche*, c'est plutôt difficile.

– D'accord. Et quand tu dis « grand-mère », je suppose qu'il s'agit de Jenny Winge…

Il déglutit bruyamment et continue de feuilleter ses documents.

– C'est ça. Vous la connaissez pour lui avoir rendu une petite visite cette semaine.

Nouveau soupir. On aurait presque l'impression que c'est lui qui a des ennuis. Il soulève le combiné de son téléphone, compose un numéro interne, demande à Ole de contacter Jenny Winge pour lui expliquer la situation. Après avoir raccroché, il pose à nouveau son regard sur moi.

– Puisque c'est la première fois que tu commets un délit, et dans la mesure où tu déclares que tu avais effectivement l'intention de restituer le bateau, j'accepte de passer l'éponge. Espérons que le service de prévention-médiation auquel je vais transmettre le dossier trouvera une solution satisfaisante pour les deux parties.

– Merci, je l'espère aussi.

Je me façonne un sourire. Mais bon, je doute que Barack Athomique souhaite aller plus loin et convoque le ban et l'arrière-ban. Du moins pas avant que j'aie eu avec lui une petite explication entre quat-z'yeux.

Ils m'ont offert d'office un thé au citron servi dans un gobelet en plastique, que je sirote sans enthousiasme en attendant grand-mère. Non seulement je ne raffole pas du thé, mais en plus le gobelet est bouillant, ce qui m'oblige à le tenir entre les manches de mon pull que j'ai tirées au maximum. Même comme ça, c'est toujours aussi chaud. Ma moto doit se trouver bien en sécurité, dans la clairière près de l'hôtel. Ole ralentit le pas en arrivant à ma hauteur, me demande comment ça va.

– D'après toi ?

Une part de moi-même aimerait lui raconter la vérité. Mais je ne sais trop comment m'y prendre pour expliquer que je me suis retrouvée avec un type sur moi qui me tirait sur le short. Si je raconte ce qui s'est passé, ce ne sera certainement pas à Ole. Je noue la capuche de mon sweet. Mieux vaut encore penser aux filles sur la photo et à Sonia. Leur situation actuelle provoque en moi des hurlements et des tremblements dans chacun de mes muscles.

– Ce n'était franchement pas très malin de ta part de prendre ce bateau.

– Je croyais que tu ne devais plus jamais m'adresser la parole ?

J'avale une grande gorgée de thé si bien que, forcément, je me brûle la langue.

Ole me regarde, referme la bouche et repart dans son bureau.

## chapitre 25

– C'est quoi cette chaussette de tennis tire-bouchonnée que t'as à la place de la figure ? C'est pas si catastrophique, tu sais…

J'ajoute la précision du chef de police comme quoi le dossier va être transmis au service prévention-médiation. Grand-mère ne répond pas. Elle se contente de fixer la route, pied au plancher.

– Tu pourrais pas rouler moins vite ? Un cerf peut très bien surgir à l'improviste, et je ne pense pas que tu veuilles couronner la soirée par un meurtre ? Parce qu'il nous faudra alors appeler la police, et j'ai comme la sensation qu'ils en ont un peu marre de nous deux…

J'arrive enfin à la faire sourire.

– Kestutis est parti aujourd'hui, annonce-t-elle.

– Ah ?

– Oui. Il a décidé, enfin… *nous* avons décidé qu'il valait mieux pour lui de ne pas revenir.

– Il t'a plaqué ?

– Pff… Et en beauté !

– Mais merde, grand-mère, à la fin ! Je me suis fait gauler par les flics et tout ce qui te préoccupe, c'est ton étalon lituanien qui est reparti au galop dans son pays balte. Question tutelle, tu te poses pas vraiment en exemple ! Tu le sais, au moins ? je lui demande, non sans ponctuer ma question par un rire.

– Oui, je sais, je ne suis qu'une sombre idiote.

– Au fait, il faut que j'aille récupérer ma moto.

– Bien sûr. Si tu veux aller travailler demain matin, il te la faut.

– Pour ça, pas besoin. Je me suis fait virer.

– Mais pourquoi ? Tu es une excellente journaliste...

– La manif a été la goutte d'eau, visiblement.

– Ça ne peut quand même pas te coûter ton emploi, voyons ! Je vais téléphoner à ton rédacteur en chef dès demain. Il faut que justice soit faite !

– Ce ne sera pas nécessaire. Je vais m'en charger toute seule. Tiens, mets ton clignotant, c'est là, à gauche.

La moto se trouve toujours là où je l'avais garée. La seule différence, c'est la buée sur la selle. Je l'essuie avec ma manche. Je sors la clé de ma poche, mais je sens que je n'ai qu'une envie : emprunter un nouveau bateau et retourner à Solstråleøya pour essayer de trouver ce qui s'y est réellement passé. Hélas, je ne peux pas, j'ai promis à grand-mère de rentrer directement. Mieux vaut donc être une gentille petite fille et se carrer sur la bécane. Au moins, je pourrai profiter du trajet pour faire un peu de ménage dans ma tête.

Je trouve grand-mère à la cuisine, en train de regarder des dessins laissés par Kestutis. Elle fume une cigarette du genre de celles censées faire rire. Quand je lui demande où elle se l'est procurée, elle me répond avec un grand sourire qu'elle avait caché un plant en cas de crise.

– Où ?

– Ça, c'est mon petit secret, ma chérie. Est-ce que tu veux que je te tire les cartes ?

– Pourquoi pas…

– Fer à cheval, croix ou triangle ?

– Un fer à cheval sera amplement suffisant.

Je m'assieds à côté d'elle. Elle pose les cartes. M'appuyant contre le dossier, je me dis qu'en fin de compte ce n'est pas si mal de ne pas aller travailler demain. Dans la mesure où je risque d'être fort occupée.

– Tu rencontres beaucoup de résistance, mais tu es proche du but. On dirait que quelque chose t'a été caché. Ne t'inquiète pas, ça va finir par sortir un jour ou l'autre. Ah, et ton jeune policier, là, il n'apparaît pas…

– Et qu'est-ce que tu vois dans tes cartes ? Pour toi, je veux dire ? Parce que si tu voyais ce que *nous* voyons, tu comprendrais alors que Lars est fou de toi et que tu le blesses à force de t'envoyer en l'air avec d'autres mecs.

– Lars et moi avons une relation libre, répond grand-mère en ramassant les cartes, pendant que je me relève.

– C'est toi ou c'est Lars qui l'a décidé ?

Comme j'ai une idée très précise de l'endroit où grand-mère peut dissimuler son petit secret, et comme j'ai besoin de quelques feuilles pour arrêter le film qui se diffuse en boucle dans mon crâne, avec ces mains sur mon corps, je décide de grimper illico les marches de l'escalier.

## chapitre 26

Un mot sur la table de la cuisine m'informe que grand-mère et Lars sont partis dans la montagne vérifier comment vont les moutons. Je constate également que les dessins de Kestutis ont atterri à la poubelle près du poêle, la prochaine étape étant la crémation de leur relation. Je prends mon petit déjeuner debout, devant le plan de travail, avant de monter dans la chambre de maman. Je m'assieds sur le lit. La pile de CD est intacte. J'allume la petite chaîne hi-fi et enclenche le disque qui se trouve déjà dans la platine. Dans le tiroir de la table de nuit, je trouve le journal intime de maman, qu'elle avait rebaptisé son *pense-bête intime*. Quand on écoutait de la musique toutes les deux dans sa chambre, elle me montrait où elle le rangeait. Je suis censée le lire. Mais ce fait très précis accentue ma réticence à ne pas le lire, justement. Car il contient la réponse à tout un tas de choses que je ne tiens absolument pas à savoir.

Mon premier journal intime m'a été offert pour mes huit ans. Après y avoir écrit pendant deux jours dans un langage codé en alphabet cyrillique, je l'ai flanqué au feu. Les couvertures ont mis du temps à cramer – sans parler de ce foutu cadenas, cela va de soi. Maman m'a trouvée devant la cheminée, les couvertures calcinées dans mes mains noircies par la suie. Elle est tombée à genoux devant moi et a fondu en larmes. Plus tard cette même journée, elle m'en a donné un nouveau. Je l'ai remerciée, j'ai cadenassé mon cadeau que j'ai posé sur ma table de chevet. Maman savait forcément que je ne couchais pas un mot dedans. Mais ça ne l'a pas empêchée de m'en offrir d'autres à intervalles réguliers. L'un des tiroirs de mon bureau est rempli de journaux intimes cadenassés qui ne cachent rien d'autre que des pages vierges.

Mon portable sonne. Je vois sur l'écran que l'appel vient de la rédaction. Comme j'ai été virée hier, je ne vois aucune raison valable de décrocher. Et je ne vois d'ailleurs aucune bonne raison pour lire le journal des autres. Puisque le temps est superbe et que je suis une délinquante au chômage, autant aller piquer une tête dans la mer.

Mes semelles sur les gravillons soulèvent de la poussière qui laisse sur mes tennis une pellicule grise. Il pousse le long de la route plus de fleurs des champs que je n'en connais le nom et, au sommet des arbres, les oiseaux gazouillent et pépient. La voix de Smørdal dans ma tête refuse de se taire : « Ouais, c'est ça, mets-toi sur le dos, que je te défonce la chatte comme toutes les autres putes avant toi ! » Avoir été stoppée dans mon élan pile au moment où je mettais le pied sur l'île de Solstråleøya déclenche en moi une colère sourde que rien n'atténue. J'accélère le pas, marche de plus en plus vite si bien que mon corps adopte les mouvements imposés par le jogging puis je fonce à toute allure pour atteindre le ponton. J'arrache mes fringues et plonge. Quand je rouvre les paupières sous l'eau, mes yeux croisent un visage. Je remonte illico à la surface. Du calme. Ce n'était que la déesse de grand-mère. Je regarde à nouveau la sculpture qui gît au fond de la mer. Non sans me demander si grand-mère la ressortira pour l'installer en figure de proue à l'extrémité de la pointe comme elle en avait l'intention, maintenant que son Lituanien d'artiste et d'amant s'est fait la malle.

La rédaction se rappelle à mon bon souvenir par un second coup de fil alors que je gare ma bécane devant l'épicerie. Cette fois encore je n'ai aucune envie de décrocher, donc j'appuie sur *refuser*. Je saute de la selle et mets la moto sur sa béquille. J'accroche le casque au guidon et entre. Derrière la caisse, Irene lit un magazine. Il n'y a aucun client.

– Salut, ma grosse ! D'après toi, c'est quoi la meilleure glace aujourd'hui ?

– Ben, t'es pas au travail ?

– Nan. J'ai été virée hier.

Je m'avance vers le congélateur à glaces et décide de m'acheter plutôt un sandwich.

– Pourquoi ? veut savoir Irene.

– Pourquoi pas ? Ah, au fait, je me suis fait choper par les flics sous prétexte que j'avais emprunté un bateau sans demander la permission.

J'ouvre le congélateur et en sors un cône.

– Tu comptes le payer, j'espère ? s'inquiète Irene.

– Bien sûr. Tu crois que je suis du genre à me servir, peut-être ?

Je pose une pièce de vingt couronnes sur le comptoir. Elle enregistre l'achat et me rend la monnaie. Elle me suit dehors. Toujours aucun client en vue.

– Ça ne va pas ? me demande-t-elle.

– À part que j'ai été foutue à la porte et embarquée par le chef de police en personne, il y a deux ou trois choses qui viennent couronner le tout, oui.

Songeant un instant lui parler des photos que j'ai trouvées dans le tiroir du rédacteur en chef, je conclus finalement que j'ai davantage à y gagner en fermant ma grande gueule. Une fois coincé dans une situation compromettante, on ne sait jamais quelle carte il va falloir soudain abattre. Je me borne à dire que je suis momentanément suspendue.

– Il a le droit de le faire, ton rédacteur en chef ?

– Pour l'instant, oui. Sauf qu'il a commis une bourde, donc ça va finir par s'arranger. Et sinon, au magasin, t'es débordée ?

– Parce que j'en ai l'air ? Je passe la majeure partie de mes journées à me tourner les pouces. J'imagine que le début des grandes vacances va apporter son flot de touristes, et donc qu'il y aura un peu plus de peuple à la boutique, parce que là…

– J'imagine, oui. Et à part ça, quoi de neuf ces derniers temps ?

Je pose la question davantage pour poursuivre la conversation.

– Que dalle. Mais au fait… C'est vrai que t'as sucé Tony dans les chiottes des filles du Labyrinthe ?

– Ah, c'est Tony qu'il s'appelle… ?

– Engel, tu devrais faire gaffe. Sinon tu vas te choper une méchante réputation, me dit-elle de sa voix préoccupée.

– Ce serait plutôt à Tony de s'en inquiéter, si tu veux mon avis. C'est lui qui a été surpris aux chiottes avec son engin en action et le pantalon baissé. Jusqu'à preuve du contraire, j'étais tout habillée.

– Ouais, mais lui c'est un mec…

– Putain ce que tu peux être naze des fois, Irene.

Un silence s'installe, qui me fait penser que je suis uniquement ici pour tuer le temps.

## chapitre 27

Alf, comme d'habitude, a remonté son pantalon afin qu'il lui épouse l'entrejambe et mette le plus en valeur son appareil reproducteur. Le téléphone portable fourré au fond de sa poche avant n'est sans doute pas très sain pour ses spermatozoïdes, mais bon. Bien que, de prime abord, il puisse aisément être estampillé comme le type le plus étrange du journal, il n'en demeure pas moins celui avec lequel je m'entends le mieux. C'est un porc et un fervent adepte de radio-moquette, mais je l'adore. Je crois que lui aussi m'aime bien. Suffisamment en tout cas pour accepter de me rencontrer à la station Esso. Dans un marcel jaune clair, avec les lunettes qui pendouillent sur son début de bedaine, il tend les mains vers moi au moment où je descends de ma moto. Je marche vers l'arc de ses bras, il me serre très fort, me soulève à moitié du sol tout en me chuchotant à l'oreille qu'il devrait plutôt me balancer dans la bagnole pour me conduire à la rédaction où m'attend un Robert rouge de colère.

– Robert en colère, mais pourquoi ? je demande, lorsqu'il m'a reposée.

– Parce que tu es venue foutre ton nez dans le chemin de fer du prochain numéro, pardi ! Patrick était au bord des larmes quand il s'est rendu compte que tu avais annulé sa pleine page sur les élèves de l'école biblique. Et, en ce moment, il sue sang et eau parce qu'il doit écrire la parole sainte du dimanche. Je suppose que tu es également responsable de sa disparition…

– Si ça se trouve, c'est un problème informatique… ?

– Bref. Qu'est-ce que tu veux ?

– Je me disais que tu ferais mieux de te charger des corrections vu que Robert est très occupé, non ?

– C'est d'ailleurs ce que je devrais être en train de faire, figure-toi.

– Et donc je me disais aussi que tu pourrais survoler plutôt que relire le papier consacré à la manifestation.

– Pourquoi ?

– Parce que tu m'aimes bien, non ?

– J'aimerais aussi ne pas perdre mon boulot.

– Il n'y a pas de danger. Et je crois aussi que tu peux espérer une augmentation de salaire si tu n'apportes pas de modifications à l'article.

– Tu peux m'expliquer ce que tu traficotes encore, Engel ?

– Disons simplement que j'ai trouvé le rédacteur en chef très à son avantage avec un collier de chien autour du cou.

Je vois aussitôt les pupilles d'Alf se dilater et sa bouche dessiner un large sourire.

– T'es dingue !

– Peut-être, mais tu n'en es pas loin non plus…, je dis, en faisant mine de partir.

– Où est-ce que tu comptes aller ?

– Ce que tu ne sais pas ne risque pas se transformer en ragots, mon chéri. Allez, j'y vais. Ça m'a fait très plaisir de papoter avec toi et j'espère qu'on va se revoir bientôt !

– C'est ça. En enfer !

– Voilà. Si ce n'est avant d'ailleurs !

Je lui envoie un baiser par-dessus mon épaule.

## chapitre 28

J'avise le débarcadère en pierre à moitié démoli au bas de la maison rouge que j'ai cette fois la ferme intention d'atteindre. Et, aujourd'hui, je ne suis pas arrêtée dans mon élan par des poulets en promenade maritime. Je tire le bateau sur le bord que je recouvre ensuite de branchages. Le sac dans le dos, je suis les traces d'un sentier où la nature a repris ses droits. La porte d'entrée est fermée, comme il fallait s'y attendre, avec de surcroît trois panneaux en bois pourri, fixés de haut en bas à l'aide de clous flambant neufs et non galvanisés. Leur aspect rutilant révèle que l'accès a été condamné très récemment. De même, l'état du sentier qui descend au quai communal témoigne au premier coup d'œil d'une utilisation zélée. Je décide d'essayer la fenêtre à côté de la porte. Les boiseries sont tellement vermoulues que je parviens à ôter le carreau à l'aide d'un stylo : j'incline la vitre que je récupère des deux mains et repose, intacte, dans l'herbe à côté du perron. Je réussis certes à introduire mon torse puis mes fesses à travers le cadre, mais je termine cette gymnastique en nage. Une fois à l'intérieur, et après un vestibule vide, je rejoins la porte d'entrée dont je vois maintenant l'autre côté : je constate que les trous laissés par les clous sont de fraîche date. Et que la porte garde les empreintes d'une barre transversale qui la bloquait. Propre et rangée, la cuisine n'a pas d'autres meubles hormis une table et deux chaises. Elle dégage des relents de tabac froid, ce qui n'a rien d'étonnant puisque les fenêtres ne peuvent pas être ouvertes. La première est complètement obstruée tandis que quelques rais de lumière filtrent de la seconde. Je reconnais la grande pièce pour l'avoir vue sur les photos de Robert. Ici, le canapé marron, défoncé, sur lequel Smørdal baisait une des filles. Là, à même le sol, deux matelas en mousse recouverts de draps housse rouges. J'aperçois une tache foncée sur celui du dessous. Je fais basculer le premier matelas du bout du pied. D'autres taches apparaissent. On dirait du sang. Par terre également, des marques circulaires, que quelqu'un a manifestement essayé d'enlever, sans vraiment y mettre du sien. Je repense au cri, à ce salaud de Smørdal, à sa blessure sur la joue. À son visage au-dessus du mien, à l'extrémité de sa langue rose entre les dents. À ses mains, à ses ongles qui me griffent la peau des hanches. Je sors l'appareil photo de mon sac. J'essaie d'installer le flash. Moins facile qu'il n'y paraît. Je suis obligée de m'agenouiller et, peinant sous l'effort, d'inspirer calmement à plusieurs reprises pour y arriver. Je photographie les taches en espérant que le résultat soit à peu près potable. Je monte ensuite à l'étage. Une nouvelle porte accuse elle aussi les marques d'une barre solide. Une pensée surgit dans mon esprit : je suis jusque-là partie du principe que la maison était vide. Et si je me trompais ? Je me fige, tends l'oreille. Tout ce que j'entends se résume au chant des oiseaux, dehors, dans les arbres. J'ouvre mon sac pour en extraire ma lampe de poche. Je l'allume. Je sens mon pouls cogner des deux côtés de ma gorge. J'avale ma salive. Je pousse la porte. Elle glisse sans bruit sur ses gonds avant de se rabattre sur moi. Je recommence. Je la pousse de la main gauche et, de l'autre, éclaire l'intérieur de la pièce. J'entre. Je ne sais pas à quoi m'attendre. Genre, à un cadavre sur chaque matelas ? Or la pièce est vide. Hormis un lit le long de chacun des murs. La fenêtre est elle aussi condamnée par des panneaux en bois. Est-ce ici que les filles croupissaient quand ces ordures ne les emmenaient pas en bas pour les baiser ? Claquemurées sous un toit, sans lumière, sur une île perdue, à des milliers de kilomètres de chez elles ? Comment ils leur ont mis le grappin dessus ? Au même endroit où ils ont découvert le péché de jeunesse de Sonia, sur Internet ? « *We are seeking playful girls for fun and glamourous filming in beautiful Norway* » ? Les traces de sang au rez-de-chaussée et le fait que les filles semblent avoir été séquestrées ne me laissent augurer rien de bon. Je m'avance. Au même moment, j'entends des voix. J'éteins aussitôt la lampe. Je cours me réfugier sous un des lits et me blottis contre le mur, l'ouïe aux aguets.

– Je trouve qu'on devrait foutre le feu à tout ce bordel aujourd'hui ! On va pas attendre cent sept ans, putain !

Je reconnais la voix de Barack Athomique.

– C'est peut-être aller un peu vite en besogne, non ? proteste Smørdal.

Sa voix est encore plus stridente que d'habitude. J'ai beau serrer les poings et les paupières, ce que je vois pour la énième fois, c'est ce fichu film diffusé dans ma tête.

– Pourquoi remettre à demain ce qu'on peut faire aujourd'hui ? C'est mon slogan. J'ai de l'essence dans le bateau et un briquet dans la poche. Il n'a pas plu depuis des semaines, donc on peut être sûrs que ça va flamber comme un fétu de paille.

– Faut d'abord régler deux ou trois petites choses. Ça ne peut pas attendre demain ?

– C'est quoi ton problème, là ? T'as les jetons tout à coup ou quoi ? Moi je suis d'humeur à faire un bon petit feu de bois. Aujourd'hui et pas demain ni après-demain.

– Aujourd'hui c'est pas possible ! hurle soudain le bellâtre.

– Mais c'est quoi ce caca nerveux que tu nous fais, Steven ? D'abord tu me dis qu'on peut foutre le feu à toute l'île pour que je puisse la racheter plus facilement, et maintenant tu veux plus…

Barack Athomique lui balance ça dans les gencives d'un ton pas franchement amical. Le bellâtre essaie encore d'arrêter son acolyte déjà reparti vers le bateau pour rapporter de l'essence. Je me remets sur le dos, rallume la lampe. Car je ne vais pas pouvoir rester ici éternellement. Soudain, j'aperçois quelque chose, dissimulé sous le matelas. Un petit cahier. Je pousse les lattes du sommier. Attrape le carnet. M'extrais de ma cachette improvisée. C'est un journal intime. Il est écrit en russe, ce qui n'est pas une surprise. Je le fourre dans mon sac, fonce vers la porte, or, au moment où je veux attraper la poignée pour ouvrir, je me rends compte qu'elle… manque. M'aidant du faisceau de lumière, je fouille la pièce en quête d'un objet qui me permettrait de forcer la porte. Seulement voilà, l'endroit est toujours aussi dénudé que lorsque j'y suis entrée. L'instant d'après, j'entends Barack Athomique et Smørdal. Je me rue vers la porte. Elle ne bouge pas d'un millimètre. Du calme. Je tends ma main droite, inspire, expire, en fixant mes doigts jusqu'à ce qu'ils ne tremblent plus. Je me relève. J'éclaire le trou, là où la poignée aurait dû se trouver. Puisqu'il y en a une. Mais de l'autre côté. Il faut donc que je la pousse. Et qu'elle tombe. Je trouve un crayon dans mon sac. La poignée est bancale. Je l'entends dégringoler. J'éclaire à nouveau le trou qui se révèle carré. Un gros tournevis serait parfait. Sauf que je ne me balade pas avec ma caisse à outils. J'utilise la barrette qui fixe ma queue-de-cheval. Elle est certes assez large, mais sera-t-elle assez solide ?

Tout à coup, une odeur me monte aux narines. Mon cœur palpite instantanément. J'entends Barack Athomique, dehors, exulter. J'enfonce la barrette dans le trou, elle est un chouïa trop large. Je résiste à la pulsion d'envoyer valdinguer contre le mur cette foutue barrette de merde. Je préfère prendre le temps de l'examiner. Elle est en plastique et en métal pas trop rigide. Forcément, dans la mesure où elle doit se plier selon l'épaisseur des cheveux et, de cette manière, tenir correctement. Je la pose par terre et frappe doucement dessus avec l'extrémité de la lampe. Ça marche. Il ne faut surtout pas que je m'énerve trop. Sans quoi je risquerais de la casser. Je l'introduis dans la serrure, en pinçant le plastique et le métal. Je réussis à faire pivoter le cylindre à l'intérieur. De l'autre main, j'enfonce mes ongles dans le côté de la porte et sens qu'elle cède peu à peu. Enfin, j'arrive à la tirer. Je peux sortir.

Une fois dans le couloir, quelque chose m'attend : de la fumée. De la fumée qui s'engouffre dans l'escalier et se précipite vers moi. Je me retourne. Je remplis mes poumons d'air respirable et dévale les marches. Au rez-de-chaussée, la fumée m'aveugle. Je m'efforce de garder mon souffle en me déhanchant pour ôter mon sac. Puisque, si je veux ressortir, il faut que je repasse par le trou étroit de la fenêtre. Fébrilement, j'attrape le journal intime que je coince dans l'élastique de mon short. Puis je balance le sac dans les flammes. Je plaque mon tee-shirt sur mon nez et avise le vestibule. Au moment où j'ouvre la porte, le feu et la fumée bénéficient d'un apport inédit d'oxygène. Les flammes se mettent à hurler et moi à gueuler. J'essaie « au secours ! », « fait chier ! », « maman ! », tout en tripotant cette saloperie de fenêtre dont l'ouverture m'apparaît trois fois plus petite que dans mon souvenir. Mais comment j'ai réussi à me glisser dedans tout à l'heure, nom de Dieu ?! Pourquoi j'ai eu cette idée conne de me séparer de mon sac ? J'aurais pu l'utiliser pour briser les autres vitres. Il me suffit de me retourner pour comprendre qu'il est hors de question d'aller le récupérer. Je retire une godasse et cogne contre les carreaux. Pour les casser, mais surtout pour me sortir d'ici. Vivante.

– Aidez-moi, putain ! Au secours !

– C'est quoi ce bordel, là ?

Dans un écran de fumée, j'entraperçois le visage de celui qui vient de hurler ça : Barack Athomique.

Il lâche son jerrycan et court vers la maison. Et j'entraperçois aussi ce connard de Smørdal, qui essaie de l'en empêcher.

## chapitre 29

– C'était limite, chère demoiselle…, me dit Barack Athomique, sur la chaise à côté du lit où je suis étendue.

Je parviens tout juste à tousser en guise de réponse, avec l'impression que mes poumons sont transpercés de minuscules éclats de verre. Mes yeux me piquent, en plus d'une brûlure sur le côté droit du crâne. Je lève la main pour y toucher, mais Barack Athomique m'en empêche.

– Non, non. Reste allongée et repose-toi. Je t'ai sauvé la vie et tu n'as rien, hormis le feu qui t'a attaqué les cheveux et qui te fait une coiffure de fofolle…

Il va décrocher du mur le miroir qu'il brandit devant moi.

– Eh ben, dis donc…

Je découvre des yeux rouges sous une chevelure ébouriffée, ou plutôt ce qu'il en reste et qui dépasse d'un bandage autour de ma tête.

– Ça tu peux le dire ! Heureusement que tu avais un ange gardien… Tu imaginais tout sauf ça, hein ? Que je sois ton ange protecteur… ?

Il se lève en éclatant de rire. Ajoute que l'une des filles qui bosse à l'hôtel s'est improvisée infirmière et est allée me chercher des vêtements propres que je pourrai enfiler en attendant.

– Je suis prisonnière ?

– Bien sûr que non. Tu peux tout à fait t'en aller. Même si tu m'as piqué mon bateau pour la deuxième fois en vingt-quatre heures. Le médecin ne devrait pas tarder : il faut qu'il vérifie la blessure que tu as à la tête et qu'il t'ausculte, à cause de la fumée que tu as avalée. On fera une mise au point plus tard, toi et moi.

Arrivé devant la porte, il se retourne. Il précise qu'il a trouvé mon journal intime. Il l'a posé sur la table de nuit. Je jette un œil sur le cahier, marmonne un merci qui se termine en quinte de toux et me donne l'impression que mes poumons vont exploser.

– Aïe aïe aïe, ma pauvre…

– Et ton collègue, il est où ?

– Steven ? Il est resté sur l'île pour donner un coup de main aux pompiers et à la police. Pourquoi ?

Je tousse et secoue la tête pour lui faire signe que je posais la question juste comme ça. Me voyant dans cet état, il lâche un deuxième « aïe aïe aïe ». On frappe à la porte, Sonia passe une tête dans l'entrebâillement. Barack Athomique lui demande de bien s'occuper de la malade. Puis il nous laisse seules.

Je me confie entièrement aux bons soins de Sonia. Elle m'aide à me déshabiller et me soutient jusqu'à la douche. Quand j'ai terminé, elle m'aide cette fois à enfiler les vêtements propres : un pantalon de service, noir et large, du même genre que celui qu'elle porte, ainsi qu'un tee-shirt rehaussé du logo du *Centre de wellness et de conférences de Godøysund.*

– Il n'est pas aussi classe que le tien… *Sauvez Joppe ! Mort ou vif !* lit-elle sur le tee-shirt avant de l'enrouler et de le ranger dans un sac plastique.

J'essaie de rire, ce qui n'a pour effet que de réveiller la douleur.

– Je vais mettre tes vêtements au lavage. Mais je ne sais pas si l'odeur de fumée va partir…

– T'as qu'à les balancer.

– Tu veux que j'attende avec toi l'arrivée du médecin ?

– Pas la peine. Je vais m'allonger sur le lit pendant ce temps.

Sonia prend le sac et fait mine de s'en aller.

– Je suis désolée pour ce qui s'est passé hier. Il ne t'a pas maltraitée au moins ? J'ai vu le bleu que tu avais sur le bras quand tu m'as aidée à passer sous la douche…

– Ah ça ? Non, je me suis cognée dans un coin… Patrick n'est pas celui que tu crois. Il ne me frappe pas.

Elle s'empresse de détourner les yeux.

– Visiblement pas, en effet…

J'ai encore en mémoire la claque retentissante que je me suis prise avant qu'il ne me pousse dans le couloir pour me flanquer dehors. Mais sinon, nooon, bien sûr, il ne frappe personne. Je préfère changer de sujet en lui demandant ce que, selon elle, les filles sont devenues. D'un haussement d'épaules, elle me répond qu'elles sont sûrement rentrées chez elles.

– Si tu tenais un journal, je lui demande alors, que tu y écrivais tes pensées les plus intimes et que tu voudrais surtout que personne ne les lise, est-ce que tu l'abandonnerais en partant ou tu l'emporterais ?

– Je l'emporterais, tiens !

– C'est ce que je me dis moi aussi.

M'adossant contre les coussins, j'entreprends de feuilleter le journal intime. Celle à qui il appartient s'appelle Vera, l'autre fille Elena. La dernière page écrite remonte à avant-hier. Je ne comprends pas tout ce qui y figure, mais suffisamment pour lire qu'elles ont de plus en plus peur, que les relations sexuelles qu'on leur impose sont de plus en plus violentes. Elles passent le plus clair de leur temps séquestrées dans leur chambre. Elles ont parfois la permission de sortir pour fumer une cigarette, mais jamais seules. Steven, Tony et Remi sont mentionnés à plusieurs reprises. Pas d'homme gros. Ni de Georg Thomsen. Le fait que Smørdal n'ait pas voulu mettre le feu à la baraque aujourd'hui signifie peut-être que les filles s'y trouvent toujours et que, selon toute vraisemblance, elles sont mortes. Il voulait éviter que les pompiers et la police débarquent sur l'île. Quand il n'a pas réussi à empêcher l'incendie, il est resté sur Solstråleøya. À coup sûr pour veiller à ce que personne ne mette la main sur ce qu'il y avait caché… Dans les dernières pages du journal, Vera décrit *« le petit moustachu »* comme étant particulièrement brutal. Elle se plaint aussi des côtes, dont plusieurs doivent être cassées. Quand il s'est jeté sur moi dans le bateau, Smørdal a certainement cru que j'étais d'une manière ou d'une autre au courant pour ses actrices porno.

## chapitre 30

Jamais les marches n'ont été aussi raides. Si mon intention était de les monter quatre à quatre comme à l'accoutumée, je peux m'asseoir dessus. Mes poumons me donnent la sensation d'être trois fois trop petits. Ayant autre chose à foutre qu'à faire le pied de grue en attendant l'arrivée du médecin, j'ai filé à l'anglaise dès que Sonia a eu le dos tourné. L'auscultation sera pour plus tard. Une fois à l'intérieur de la rédaction, je m'affale dans le fauteuil d'Alf. Je prends une enveloppe sur laquelle j'écris le nom d'Ole et l'adresse du commissariat. J'y enfourne le journal intime de Vera ainsi qu'un Post-it où sont notés l'adresse de mon nouveau compte courriel ainsi que le code maison pour trouver le mot de passe : *L'album des Pet Shop Boys de 1987*. Je referme l'enveloppe que j'encolle de timbres plus qu'il n'en faut. Je me renfonce dans le fauteuil, ferme les yeux, inspire plusieurs bolées d'air pour ne pas avoir trop mal, tout en pensant qu'il me faut maintenant descendre l'escalier, me traîner jusqu'à la boîte aux lettres de la maison communale et puis…

et puis m'enquiller à nouveau ces fichues marches. Et dire que c'est aussi simple que ça !

Je me lève pour rejoindre le bureau de ce cher rédacteur en chef. J'allume son ordinateur et, excitée comme une puce, j'écris *007* dans la case du nom d'utilisateur et *fromrussiawithlove* dans celle du mot de passe. Erreur sur le mot de passe. J'ai encore droit à deux tentatives avant que la machine ne se verrouille. Bon, réfléchissons. Il préfère les films où James Bond est incarné par Sean Connery. Lequel choisir ? Je ressaie avec *goldfinger* et, bingo, je suis dedans tout comme Robert l'a dedans. Je me laisse tomber contre le dossier du fauteuil en riant toute seule comme une tordue. Je décroche l'appareil et compose son numéro de téléphone. J'ai l'impression d'entendre dans mon oreille interne la sonnerie de son portable.

– Robert Nes à l'appareil.

– Bonjour, Robert. Engel Winge à l'appareil.

– Engel ? Tu as une voix bizarre…

– On m'a toujours dit qu'il ne fallait pas avaler la fumée.

– Tu es où ? J'ai essayé de te joindre toute la journée. Tu as conscience que…

– Vérifie le numéro d'où j'appelle.

Silence à l'autre bout du fil. Quand sa voix résonne à nouveau dans le combiné, c'est pour mieux me hurler dans l'oreille que j'ai intérêt à quitter la rédaction, et fissa, sans quoi il prévient la police.

– Ce ne serait pas très futé de ta part. Parce que tu sais, là, je suis confortablement assise à ton bureau et j'écris tes meilleurs vœux pour les grandes vacances à tous les contacts de ton carnet d'adresses. Alors, si tu ne m'écoutes pas, j'appuie sur *envoyer*.

– Quoi ? Comment tu es entrée dans mon ordinateur ?

– *Bond, my name is James Bond !* je réponds, avant de tousser.

– C'est du chantage ! Tu ne vas pas t'en sortir comme ça, Engel !

– C'est possible, en effet. Mais je t'appelle pour te demander quelle photo tu préfères que je mette en pièce jointe dans ton mail à tes amis et connaissances ? Celle que je trouve vachement bien, c'est celle où tu as le collier de chien.

Il ne répond pas, mais j'entends son souffle. Et il est si proche de moi, son souffle. Des déchirements me vrillent la poitrine. Je vois son reflet sur l'écran de l'ordinateur. Je repose le combiné et pivote dans son fauteuil. Robert baisse la main qui tient le téléphone pendant qu'il s'avance lentement vers moi.

– Si tu fais un pas de plus, j'appuie sur *envoyer*. Toutes les personnes de ton carnet d'adresses seront ravies de recevoir tes bons vœux, dis-je en m'éclaircissant la voix.

– OK, tu réintègres la rédaction. Satisfaite ?

– Donne-moi ton portable.

Il s'apprête à venir vers moi, mais je l'arrête dans son mouvement en lui demandant de faire glisser son mobile par terre. Il se penche, obéit. Je bloque l'appareil avec ma chaussure. Or, au moment où je me penche, je vois Robert bondir pour arracher la prise. L'écran de l'ordi devient noir.

– Comme ça on est quittes, dit-il.

– Ne t'inquiète pas, j'ai une copie des photos et des films.

– Tu bluffes.

Je ne réponds pas. Il répète sa phrase tout en s'approchant de moi.

– Voilà ce qui va se passer, je réponds – non sans faire rouler le fauteuil en arrière pour m'éloigner de Robert. Voilà ce qui va se passer si jamais toi ou ton cinglé de frangin essayez de me faire du mal. Le mot de passe du compte mail où les photos et les films ont été envoyés tombera entre les mains du chef de police.

Je repense très fortement à l'enveloppe qui patiente sur le bureau d'Alf. J'essaie de la visualiser pour vérifier si elle est posée côté recto avec le cas échéant l'adresse cachée. Puis je relève les yeux et croise le regard de Robert. Tout le monde a un point faible, a dit un jour Alf dans la cuisine du journal. Quel est le point faible de Robert, à part les tasses à café sales dégueulasses et un goût de chiotte question films ? Je tente le tout pour le tout :

– Tu n'es pas comme ton frère.

– Qu'est-ce que tu veux dire ? demande-t-il, le regard fuyant.

– Tu n'es pas un assassin.

– Mais qu'est-ce que c'est que ces conneries ?!

– Tu n'as pas besoin de faire tout ce que ton grand frère te demande.

– Donne-moi mon portable, et on tire un trait sur tout ça.

– Si tu essaies de le protéger, tu te rends coupable toi aussi. Ton frère est un violeur et un assassin.

– Ce que tu peux être conne, ma pauvre fille… Les filles mouillaient tellement qu'on a même pas eu besoin de les violer !

Il glousse. Le rictus que dessinent ses lèvres révèle des dents blanches inclinées à l'intérieur de la bouche et le bout de sa langue rose. J'attrape la perforeuse que je lui balance en pleine figure. Il parvient à l'esquiver si bien qu'elle ne lui érafle que la tempe. Il se précipite alors sur moi, me plaque au sol. Et là je me dis que mon point faible, c'est d'avoir une trop grande gueule.

– Et maintenant tu me donnes le nom d'utilisateur et le mot de passe de cette foutue adresse mail que tu prétends avoir, siffle-t-il dans mon oreille.

– Jamais !

– Donne-les-moi !

– OK, OK, je bluffais !

– Qu'est-ce qui se passe ici ?

Alf. Je n'ai jamais été aussi heureuse de voir ses orteils bronzés retenus dans des sandalettes en plastique. Je serais capable de les embrasser tous les dix.

– Au secours ! je glapis.

Alf empoigne le rédac chef par le colbac.

– Heureusement que t'arrives, s'empresse de dire Robert. Figure-toi qu'elle s'est encore introduite dans la rédaction pour saccager un peu plus notre boulot. Donc là je vais la raccompagner chez elle.

Il brosse des grains de poussière invisibles sur sa chemise.

– Si quelqu'un la ramène chez elle, c'est moi ! rétorque Alf.

Il se penche vers moi et me demande si tout va bien. Je suis incapable de répondre. Mes poumons sont tout sauf tip-top pour que je puisse prononcer une seule parole. Alf s'approche de moi alors que je suis courbée, à genoux. Il m'aide à me relever. Je m'appuie sur lui et insiste pour qu'on s'en aille tout de suite.

– C'est ça, va-t'en, ta grand-mère se fait sûrement du souci pour toi…, lance Robert.

– Comme c'est généreux de ta part de s'inquiéter de nous, je lui réponds, sans lâcher Alf.

En passant devant le comptoir, je lui chuchote de prendre l'enveloppe.

– Pourquoi ?

– Fais ce que je te demande !

Je chipe au passage l'appareil photo de Patrick et une carte mémoire supplémentaire qui traîne à côté de son ordinateur.

– Tu ne peux pas les emporter ! me dit-il.

– Je vais tout t'expliquer quand on sera dans la voiture.

Je me cramponne à lui durant tout le trajet jusqu'à sa voiture. Une fois qu'on a pris place à l'intérieur, il me redemande ce qui s'est passé.

– Plus tard, Alf. Est-ce que tu peux me rendre un service et aller mettre ça dans la boîte aux lettres de la maison communale ? je lui demande, en lui tendant l'enveloppe.

– C'est quoi ?

– S'il te plaît…

Je me recroqueville et crache mes poumons. Alf ouvre sa portière. Je le vois rejoindre la boîte de son pas élastique. J'en profite pour ôter la clé de contact du Neiman, suis Alf du regard jusqu'à ce que l'enveloppe ait trouvé le chemin de la fente, puis je sors. À moitié pliée en deux, je parcours les quelques pas qui me séparent de ma moto. J'entends Alf m'appeler. Je jette ses clés dans les herbes folles pour qu'il ait autre chose à faire qu'essayer de me rattraper.

## chapitre 31

En songeant à tous les vols dont Barack Athomique a été victime ces derniers temps, qu'il n'ait toujours pas appris à cadenasser ses rafiots relèverait presque du mystère. Pour ma part, cela va de soi, j'apprécie énormément qu'il ne prenne pas mieux soin de ses affaires. Comme je m'y attendais en revanche, le *White Shark* est ancré au quai de Solstråleøya. Le coupable est revenu sur les lieux du crime. Inutile, donc, d'utiliser le portable de son demi-frère pour adresser un message à Smørdal, ainsi que j'en avais l'intention au départ. Il n'est d'ailleurs pas exclu que Robert lui ait déjà passé un coup de fil depuis la rédaction. Peut-être que je suis attendue… Je préviens quand même grand-mère avec le portable en question que tout va bien et qu'elle n'a pas à s'inquiéter. Je crédite également Alf d'un texto, dans lequel je m'excuse pour ses clés. J'amarre le bateau au même quai en pierre que la dernière fois et remonte le même sentier qui passe devant la maison rouge du métayer. Ou plutôt ce qu'il en reste. Arrivée devant la propriété, je constate qu'elle est délimitée par un ruban de police. Je passe en dessous. À part les fondations, il n'en reste plus grand-chose. Je m'arrête pour la prendre en photo, mais surtout pour reprendre mon souffle. J'ai l'impression que mes poumons ont été remplacés par deux hérissons. Je me demande si la police a retrouvé les restes de mon sac et de l'appareil photo que j'avais dû laisser dedans. Je n'ai pas de sac aujourd'hui, juste l'appareil photo qui pendouille à mon cou. En haut du sentier, juste à côté de la bâtisse que le futur roi Olav qualifiait de maison de poupée, je m'immobilise. Je tends l'oreille. Je perçois le bruissement des arbres, le hêtre pourpre devant moi et toutes les autres essences exotiques que Musgrove a plantées sur l'île, ainsi que le pépiement des oiseaux dans les branches. Mais aussi deux voix masculines, passablement surexcitées. Rejoignant le point culminant de l'île, je me hisse sur le mur des décombres du palais excentrique. Depuis mon point de vue, je reconnais Smørdal et Tony, devant un puits, à une quinzaine de mètres en contrebas. Munis d'une gaffe et d'une amarre, ils extraient du puits une fille nue aux cheveux foncés. Je prends le risque de les mitrailler avec mon appareil, avant de descendre illico du mur et de me mettre à couvert. Je sens les hérissons dans ma poitrine redresser leurs piquants. J'écoute de tout mon corps. Ils ne m'ont pas vue. Peut-être que les photos que je viens de prendre suffiront. Je vérifie sur l'écran. Les deux salopards apparaissent distinctement, le bellâtre est même tout à fait reconnaissable. Mais la fille se résume à deux épaules affaissées et dénudées, on discerne vaguement quelques mèches foncées. J'éteins l'appareil photo, retire la carte mémoire, sors de ma poche l'étui en contenant la deuxième et les intervertis : j'insère celle-ci dans l'appareil et planque la première dans sa protection en plastique sous un petit amas de mousse. À l'aide d'une pierre, je confectionne une marque en forme de croix pour me souvenir de l'endroit où je l'ai cachée.

Je me blottis le long du mur. Je cale le cordon de l'appareil photo sous mon menton, pose les mains sur mes genoux ramenés contre mon corps. Ma main droite a la tremblote. Cette fois encore, je l'hypnotise jusqu'à ce qu'elle ait retrouvé son calme, puis je pointe la tête hors de ma cachette. Je les découvre en train de repêcher la fille numéro deux. Je me demande laquelle est Vera. Laquelle des deux a camouflé son journal intime sous le matelas ? Me dissimulant derrière l'appareil, j'ai l'illusion de croire que les regarder à travers l'objectif est moins dangereux pour moi. Le soleil est si bas dans le ciel que je dois batailler avec le contre-jour au moment de zoomer. Trop tard, beaucoup trop, je remarque que le réglage est en mode automatique. Du coup, l'appareil émet un bip et le flash s'enclenche. Toujours à travers à l'objectif, je vois Tony et le maire relever brusquement la tête. Ils me repèrent dans la seconde. Je me relève pour remplir d'air mes poumons. Forcément, les hérissons grattent leurs piquants dans ma poitrine. Tony pique aussitôt un sprint. Moi qui normalement aurais détalé comme un lapin et lui aurais échappé avant même qu'il n'ait eu le temps de réagir me retrouve en deux temps trois mouvements avec le bec dans la mousse. Il m'arrache l'appareil photo du cou. Le cordon me cisaille la gorge, se coince sous mon menton et au coin de l'oreille gauche. Tony me tire la tignasse pour libérer le cordon. Il envoie valser l'appareil. Un plouf résonne dans le fjord.

– Sale petite fouille-merde ! Tu vas voir ce qu'on va te mettre ! siffle-t-il dans mon oreille.

Il me relève, m'administre une tape monumentale sur l'épaule et m'ordonne de descendre vers le puits. Il me jette sur la margelle comme si j'étais une vulgaire serpillière. Je me cogne le genou contre une pierre. J'essaie de ne surtout pas regarder les deux filles. Je sens un haut-le-cœur me remonter dans la gorge. Je déglutis comme une folle pour stopper la nausée. Le vomi forçant le passage par le nez, je suis finalement obligée d'ouvrir la bouche. Je m'essuie le visage sur la manche de mon tee-shirt. Je me retourne sur Tony et Smørdal. Les filles gisent à leurs pieds, nues, assassinées. Les deux hommes ont une attitude tétanisante : jambes écartées, comme s'ils revenaient de la pêche et prenaient la pose avec les captures de la journée. Et, pendant que je les toise de la tête aux pieds, je prends soudain conscience que je pourrais mourir moi aussi. Le nombre de mortes leur importe peu. Une de plus ou de moins, après tout… Ils sont au-delà de ça. Ce n'est plus leur problème. Mon sang circule à toute vitesse dans mon corps, à croire qu'il doit absolument accomplir plusieurs tours. Avant que ce soit définitivement terminé pour moi. Avant que mon cœur s'arrête de battre et qu'il se fige à jamais dans mes veines.

– Pourquoi ? je demande.

– Ça, à toi de le trouver, Engel Winge. Toi qui t'estimes plus maligne que les autres, répond le bellâtre en caressant les deux côtés de sa moustache du pouce et de l'index – je vois le bout de sa langue pointer entre les deux rangées de son râtelier.

– Je lui brise la nuque ? veut savoir Tony.

Il a déjà fondu sur moi. J'ai vu dans les films comment ils s'y prennent. J'ai vu qu'il suffit tout bonnement d'un craquement, bref et rapide, et c'est terminé.

– Pourquoi ? je répète.

– Jette-la dans le puits. On enlèvera les planches pour faire croire à un accident.

– Pourquoi ? je demande pour la troisième fois.

Puis je suis balancée par-dessus la margelle. Je vois mon visage se refléter à la surface de l'eau. Je me dirige droit vers lui.

## chapitre 32

Je barbote doucement dans l'eau. Juste assez pour maintenir ma tête au-dessus de la surface. Mes chaussures flottent à côté de moi. Les enlever ne m'a pas semblé une trop mauvaise idée. Les planches qui recouvraient le puits ont été retirées. Ainsi, je peux contempler le ciel mat de cette nuit d'été. Il n'y a pas une étoile dans la nuit, et tout aussi peu de points lumineux dans mon avenir. L'eau est glacée. Il fait un froid de gueux. D'ailleurs, si ça continue, je vais mourir de froid. Ou me noyer. La noyade est, à ce qu'il paraît, une mort agréable. J'ai essayé de me hisser le long de la paroi en béton. Autant pisser dans un violon. C'est trop glissant, on ne peut se retenir à rien, et je ne suis pas Spiderman. Ni aucune autre superhéroïne, soit dit en passant. Je ne suis qu'une pauvre conne, une idiote de base qui n'a rien trouvé de mieux que de se faire une flopée d'ennemis en l'espace de quelques semaines. Je soulève ma main droite hors de l'eau. Je la regarde. Elle tremble. Ce qui peut s'expliquer parce que je grelotte. Le vernis à ongles se craquelle. J'en ai utilisé un rouge. Et n'ai pas pris le temps de passer une couleur différente sur chaque ongle. Je le ferai la prochaine fois, promis. Je suis sûre que maman adorerait, que ça la ferait hurler de rire. Mes ongles des pieds sont aussi peints en rouge. Je les entraperçois, sous moi, dans l'eau noire qui m'encercle. J'essaie de ne pas penser aux deux filles qui m'ont précédée ici, de ne pas avaler d'eau. Et j'essaie surtout, le plus important, de ne pas paniquer. Puisque crier me semble d'une inutilité sans nom, je préfère chanter à voix basse, histoire aussi de me remonter le moral. Je commence par *Bêêê bêêê petit agneau*, mais le *bêêê* me ramène automatiquement à *brrr* et au fait que je suis frigorifiée. J'opte pour une autre chanson :

– *You're so flamboyant the way you look. It gets you so much attention. You're so flamboyant, it's like a drug you use to give your life meaning.*

Je me doute que les paroles ne sont pas dans l'ordre puisque ça ne rime pas. Et je me dis aussi que, dans mon état, *flamboyant* n'est pas ce qui me caractérise le mieux, l'adjectif *buoyant*, à savoir *liquide*, serait plus pertinent.

– Ben, qu'est-ce que tu fais là toute seule ? Tu chantes ? demande Eddie Rander, les yeux baissés vers moi.

– Eh oui, comme vous le voyez. C'est pourtant normal de chanter dans son bain, non ?

– Je croyais qu'on chantait uniquement sous la douche.

– Vous pouvez m'aider à remonter ?

– Comment tu as fait ton compte pour tomber dans le puits ?

Il s'assied sur la margelle et me tend un bras trois fois trop court.

– On m'a poussée, figurez-vous. Vous ne pourriez pas plutôt trouver une corde ou quelque chose dans ce genre-là ?

– Une corde ?

– Oui. Vous êtes venu en bateau si je ne m'abuse. Les bateaux ont des cordes, jusqu'à preuve du contraire…

– Tu veux parler de haussières ?

– Si vous y tenez… Et vous pourriez aller en chercher une ? S'il vous plaît ?

Eddie se lève, je l'entends courir. J'attrape mes chaussures qui flottent autour de moi pour les mettre. Une tâche qui se révèle impossible. À moins bien sûr de mettre la tête sous l'eau, ce dont je n'ai guère envie, merci, une fois m'a suffi. Du coup je les fourre chacune dans une poche du pantalon très ample porté d'ordinaire par les employés de l'hôtel.

Eddie est de retour l'instant d'après. Il me jette une corde terminée par une boucle qu'il me dit d'enfiler et de coincer sous mes aisselles. Je fais ce qu'il me demande. Puis je me renverse à l'horizontale, les pieds contre la paroi en béton et la bouche fermée, en respirant par le nez pour ne pas avaler d'eau.

– Prête ?

– Go !

Eddie tire pendant que je me hisse en m'aidant de mes pieds. Une chaussure tombe d'une poche, que j'arrive à rattraper in extremis. Une fois sortie, je m'effondre par terre. Je reste ainsi, sur le dos, et inspire de toutes petites bolées d'air pur.

– Ce n'est pas toi, la journaliste ? Je ne t'avais pas reconnue tout de suite…

– J'ai quelques petits ennuis en ce moment, vous comprenez…

Ma phrase à peine terminée, je sens que le courage me manque complètement pour lui raconter toute l'histoire. Je préfère lui demander ce qu'il fabrique dans les parages.

– Ben… Je me suis rendu compte qu'il y avait eu un incendie aujourd'hui, donc j'ai voulu voir de mes propres yeux ce qui restait, après les dégâts.

– Et ?

– Celle qui a souffert le plus, c'est la maison du métayer. Mais comme elle se trouve dans une cuvette humide, le feu n'a pas pu se propager au reste de l'île. Les pompiers ont réussi à éteindre l'incendie. La police est venue elle aussi. J'étais sur mon bateau pendant qu'ils étaient affairés, mais je n'ai pas accosté, tu penses bien, je ne voulais pas les déranger. Même le maire était là. Peut-être que la commune va enfin s'occuper de l'île ? Puis je suis rentré dîner. J'avais des restes d'hier que j'ai fait réchauffer. J'ai mangé sur la terrasse. Parce que tu sais, depuis ma terrasse, je vois tout ce qui se passe sur l'île. Quand j'ai eu terminé mon repas, j'ai senti qu'il fallait que j'y retourne, j'avais comme une intuition… Et puis je t'ai trouvée… Tu veux que je t'aide à te relever ?

– C'est gentil, merci. Mais j'aimerais bien rester allongée quelques petites minutes encore.

– Et toi, pourquoi tu es venue ? C'est le journal qui t'envoie ?

– Plus ou moins, oui.

Et, en répondant ça, je me rappelle que je dois absolument remettre la main sur la carte mémoire que j'ai planquée près du mur.

– Tu vas bien au moins ?

– Pour être franche, j'ai connu mieux. Vous n'auriez pas un téléphone portable par hasard ?

– Non. Je n'ai pas besoin de ces engins à la mode. Qu'est-ce que c'est que ces sornettes comme quoi il faut être joignable tout le temps ? Mais j'ai un téléphone à la maison.

– Parfait.

Je suis allongée dans le bateau d'Eddie. Nous rejoignons son chalet, je me sens lourde de sommeil.

– Tiens, il y a le bateau du maire… Je me demande ce qu'il cherche ? crie Eddie au-dessus du grondement du moteur.

– Bonne question.

– Quoi ?

– Je ne sais pas !

– Drôle de type, ce maire. Je ne comprends pas comment il a eu les moyens de s'offrir un yacht pareil.

– Moi non plus.

– J'espère qu'on aura un autre maire lors des élections à la rentrée.

– Oh, je pense que oui…

– Quoi ?

– J'en suis certaine !

– Tu es optimiste, toi. Enfin bon, faisons confiance aux électeurs et espérons qu'ils auront cette fois-ci trois sous de jugeote au moment de glisser leur bulletin de vote dans l'urne. Quand je pense à cet homme et à ce parti qu'il représente, j'ai honte…

Il secoue la tête pour mieux souligner son indignation et je hoche la mienne pour seule réponse. Eddie ralentit, précise qu'on est en train de passer devant la réserve naturelle. C'est bizarre quand j'y pense : je ne suis jamais venue près de ces îlots. Et, là, je n'ai ni la force ni le courage de lever la tête pour regarder. J'apprécie qu'Eddie soit ce genre d'homme qui met un point d'honneur à avancer doucement pour ne pas troubler la tranquillité des oiseaux. Mais ils dorment sûrement à l'heure qu'il est, les oiseaux, maintenant que cette nuit d'été a atteint son moment le plus sombre.

## chapitre 33

– Il y a un certain risque que tes cheveux ne repoussent pas à l'endroit où tu as été brûlée, m'annonce la doctoresse en fixant le bandage autour ma tête.

– Je vais devenir chauve ?

– Pas complètement chauve, non. Mais une alopécie n'est pas exclue au niveau de la brûlure. Elle sera de la taille d'une pièce de monnaie.

Je tousse en guise de réponse. Une fois rassise dans son fauteuil, elle poursuit :

– Quant aux douleurs pulmonaires consécutives à l'inhalation de fumée, je ne peux hélas pas faire grand-chose. La gêne devrait disparaître très vite. Je vais quand même t'arrêter pour quelques jours, pour que tu puisses te reposer, dit-elle avec un sourire, avant d'écrire dans son ordinateur.

– Merci.

– J'ai lu les journaux aujourd'hui... Je te trouve très courageuse et drôlement fortiche, précise-t-elle en roulant sur son fauteuil pour attraper l'arrêt de travail qui sort de l'imprimante. Tu as besoin d'antalgiques ?

– Non, je vous remercie, ça ira.

Elle m'explique quel formulaire est pour moi et lequel est destiné à mon chef.

– D'accord.

Je me relève. Je regarde le papier que je viens d'obtenir en me demandant qui, en fin de compte, est mon chef. Pour le moment, Robert est toujours considéré comme témoin dans l'affaire, alors que Smørdal et Tony sont inculpés pour l'assassinat des deux filles russes. Je rabats sur ma tête la capuche de mon sweet et retourne dans la salle d'attente. Justement, la première chose que je vois en y entrant c'est leur photo, que j'ai prise devant le puits. Elle couvre la première page du quotidien VG.

– *Actually*, dit Ole en baissant le journal.

– Donc tu as résolu l'énigme du mot de passe… Alors ? Tu es allé voir ce qu'il y avait sur le compte mail ?

– Oui. Nous avons confisqué la totalité des ordinateurs. Nous supposons que nous allons y trouver les mêmes éléments. Qui tenait le journal que tu m'as envoyé ?

– Celle qui s'appelait Vera. Vous avez retrouvé les corps ?

– On en a retrouvé un, oui. Mais il y a beaucoup de courant à l'endroit du fjord où ils se sont débarrassés des filles.

Un silence s'installe. Je regarde mes pieds. Je porte les chaussures parme *absolument chou*, que j'ai empruntées à grand-mère.

– Dis donc, elle en impose la photo qui a été choisie par la plupart des grands journaux nationaux, dit Ole en se levant… Mes collègues sont ravis de voir que tu l'as vendue !

– Je crois que ces salauds de Tony et Smørdal le méritaient.

Je tire sur les cordons de mon sweet. Ole me demande du tac au tac :

– Je me suis rendu compte l'autre jour de la marque que tu as dans le cou. Tu veux m'en parler ?

Je lui fais signe que non. Je tente d'échapper à son regard en abaissant le bord de la capuche sur mes yeux. Il s'approche, la remonte délicatement. Je le laisse faire. Mes bras pendouillent comme deux bouts de ficelle lestés de plomb. Je murmure :

– Il faut que je rentre.

– Tu es sûre que je ne peux pas d'abord t'inviter à boire un petit café ? Avec un pain à la cannelle… ? me demande-t-il, les yeux dans les yeux.

Son regard me donne envie de me camoufler une nouvelle fois dans mon sweet à capuche. Il m'empêche de le faire en prenant doucement ma main.

– C'est une nouvelle tentative d'acheter la presse ?

Il ne m'échappe pas que ma voix n'est pas aussi lisse et assurée que je l'aurais espéré.

– Non, Engel. Je peux te jurer que j'ai de tout autres intentions.

Ouvrage réalisé par
Cédric Cailhol Infographiste.

Reproduit et achevé d'imprimer
par l'Imprimerie France-Quercy à Mercuès
en septembre 2013.

Dépôt légal : octobre 2013
N° d'impression : 31366/
ISBN : 978-2-8126-0581-9

*Imprimé en France.*